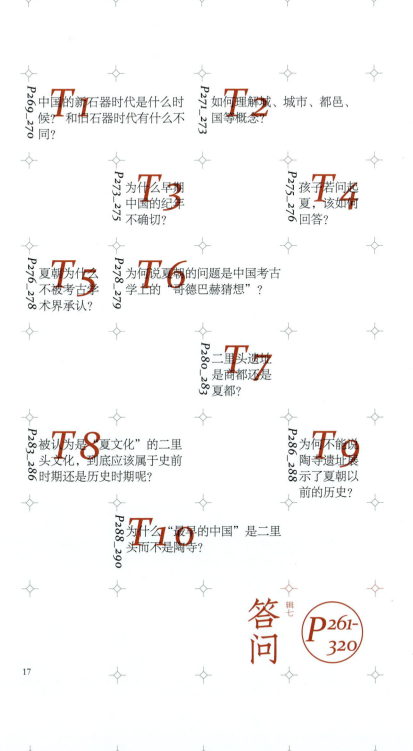

答问 辑七 $P_{261-320}$

P290_292 **T11** 陕西神木石峁发现的石头城，是中国最早的城吗？

P292_294 **T12** 考古发现将延安筑城史推进到了距今4500年，具体是怎么回事？

P294_296 **T13** 中学历史教科书只见河姆渡、半坡，紧接着就是炎黄、尧舜禹，不见良渚、石峁、陶寺和二里头，你怎么看？

P296_299 **T14** 为何说王朝诞生传说地并无"王朝气象"？

P299_300 **T15** 为什么甲骨文直到一百多年前才被发现？

P300_301 **T16** 为什么说只有殷墟时代才走出了"传说时代"？

P302_304 **T17** 三星堆文化是什么时期的？与夏商周哪个朝代对应？

P305 **T18** 燕下都始建于春秋时期吗？

P305_306 **T19** 曲阜鲁城是《考工记》营国制度的蓝本吗？

答问 辑七 P261-320

19

辑七

答问

P261-320

21

有感

重温夏鼐语
录，再倡回
归考古

夏鼐谈城址命名：超越时空的
学术传承

仰前辈心地　　走出假说时代的轨迹
学问之纯粹　　——从二里头会到新砦会

切磋如攻玉，
人生复何求

学术故事该
怎样讲

饕餮盛宴的
美中不足

由良渚博物
院的展板想
到的

T1

T2

T3　T4

T5

T6

T7

T8

中国龙形象仍被复杂解读

说长道短侃"千纪"

假如整个东亚成为遗址，由中国考古学家来发掘

遗产定名杂弹：北有二锅头，南有二里头

考古人为何将岩画研究拒之门外

影视演员到底该用什么"爵"来饮酒

"十大考古新发现"，为何我没投"曹操墓"一票

由论战引发的对公众考古的思考

T9

T11　　　　T10

T12

T13

T14

T15

T16

重温夏鼐语录,
再倡回归考古

今年,是夏鼐先生诞辰一百周年。 整个学界将会从不同的角度来纪念这位巨匠。 值此万象更新之际,仅从重温夏鼐关于早期王朝时期考古的论断入手,略述对这一领域探索方向的粗浅理解。

在《方法论视角下的夏商分界研究》_(许宏著,2009年)中,我曾引述了夏鼐在 1962 年刊发的《新中国的考古学》_(《考古》1962年第 9 期)对相关的考古发现所作的总结:

> 1952 年在郑州二里岗发现了比安阳小屯为早的殷商遗存,后来在郑州洛达庙和偃师二里头等地,又发现了比二里岗更早的文化遗存。

这相当确切地表述了当时考古学在夏商文化探索中所能得出的最大限度的结论。可以认为，到目前为止这一结论仍未被突破。

二里岗——比安阳小屯为早的殷商遗存；

洛达庙和二里头——比二里岗更早的文化遗存。

仔细咀嚼其用词，你才能体悟到先哲语录的分寸与高度。

由于在二里岗文化和二里头文化中，尚没有发现像甲骨文那样的内证性文字材料，因而不能确认二里岗文化究竟仅属商代中期抑或涵盖整个商前期，早于它并与其有密切关联的二里头文化的归属也就无法确认。显然，就早期王朝与族属的研究而言，早于殷墟时代的考古学文化已进入未知的领域。

从 1959 年徐旭生等踏查二里头提出二里头可能为汤都西亳，到邹衡 1977 年提出二里头为夏都、郑州商城为汤都亳，再到 1983 年偃师商城发现后被指认为西亳，再到近年鉴于相关测年数据渐晚，多数学者转而认同二里头仅为晚期夏文化，甚至测年数据又有利于二里头商都说，数十年的论战，可以认为都是在无从验证的假说层面上进行的。

这类话题对于立志修国史的学界来说，具有极大的吸引力。

即便是有如此清醒论述的夏鼐，在主政考古所时，还是认可二里头 1 号宫殿基址发掘简报的标题中直接冠以"早商"的字样。

在 1977 年的登封告成遗址发掘现场会上，夏鼐的发言已倾向于肯定"夏文化"能够在没有当时文字材料的情况下，从考古学中辨识出来。这种对夏文化探索的信心与共识，显然已偏离了殷墟晚商王朝得以确认的根本前提，即地下文字材料与古典文献的互证。 夏鼐在这次发言中提出的"'夏文化'应该是指夏王朝时期夏民族的文化"的概念界定，则决定了相关讨论的路向和结局。

尽管他同时不乏睿智地指出，"现有的材料还不足以说明哪一个是夏文化，条件还不太够"，但充满探秘激情的学界已根本听不进这类捎带的提醒了。

夏鼐态度的摇摆性，也显现了他作为学界大家所具有的冷静头脑与置身整个 20 世纪后半叶总体研究取向之中的矛盾。

历史地看，尽管有层出不穷的重要考古发现，尽管耗费了学者们的诸多心力，但剥开夏商分界问题热闹非凡的表层外壳，它的"基岩"部分，也即夏鼐 1962 年的表述，根本没有被撼动或突破。

考古学层面的基本概念仍是"二里岗文化""二里头文化""下七垣文化"等，凡使用超出这个底线的"夏文化""先商文化"或"先周文化"等概念，就必须说明是哪位学者眼中笔下的"×文化"，这类提法因已进入未知的领域而无法验证落实。

因此，学界如有据新的测年或考古材料重新强调甚至提出什么新说者，曾为"主流意见"的所谓"共识"因而遭到冲击而产生摇摆，都是再正常不过的事，都无法看作具有理论或方法论上的革新意义。

据说，有网友评论笔者重提的"商假说"导致倾心论争数十年，一下回到 1977 年。 这种思维恐怕还是在文献史学话语系统内打转转，而没有达到"超脱"的层面。

　　重提"商假说"，不过是想强调一个认识，即：在当时的内证性文字材料出土之前，不能排除任何一种假说所代表的可能性。这应该是常识性的问题吧?!

　　真正具有意义的，应当是这类命题的性质被逐渐地看清看淡，学界对这类议题的认识则有所深化，甚至产生新的理念和方法论上的共识。

　　直接"回到"1962 年，在研究取向上回归考古学，才应当是数十年后的今天，早期王朝考古研究领域在方法论、认识论上的探索收获。

　　以聚落考古为切入点的精细的社会史研究，多学科合作所展示的考古学的无穷潜力和广阔天地，都呼唤着早期王朝的考古学研究，应当先回归考古学，应当扬长避短而不是相反。

　　唯其如此，考古学才能最终有裨于广义历史进程的建构。

2010 年 1 月 1 日新年

夏鼐谈城址命名：
超越时空的学术传承

下午参加中国社会科学院举办的"夏鼐先生百年诞辰纪念座谈会"，拿到了刚面世的《夏鼐先生纪念文集——纪念夏鼐先生诞辰一百周年》(科学出版社，2009年)。

其中郑振香先生的回忆文章《缅怀尊敬的夏鼐先生》中提到："夏所长对二里头遗址的重视是一贯的，后来在二里头附近发现保存很好的偃师商城，据我所知夏所长发表过两点意见：一点是，不赞成命名为'偃师商城'，他说如果偃师再发掘一座商城怎么命名呢？ 认为用'塔庄商城'为好；另一点是，无论如何二里头仍是一处重要的遗址。"

博友逸如风君最先读到这则回忆，数日前就在他的博文《夏鼐先生对偃师商城命名的意见》中提及："看完后有两点感想：一是夏先生的严谨；二是想起许宏老师也曾对偃师商城的命名有过类似的意见，不过他的命名更中性，觉得偃师商城最合适的命名应为塔庄遗址。"他大概还记得我们一起在二里头遗址发掘时的谈话。

这一念头不能止息，上月在《考古遗址仍应以小地名命名》一文中还写道："（定名为"偃师商城"）这实在是不得已而为之的事，也不是最佳的选择。倘若在现偃师境内又发现一座'商城'，则'偃师商城'的命名就面临着巨大的尴尬。""我曾想偃师商城最理想的命名，应是塔庄商城——以位于城址上的村庄命名。"这是十余年前写博士论文时萌生的想法。

逸如风君评价道："从考古遗址命名的规则来说，夏鼐先生和许宏师的意见无疑更合适，所谓英雄所见略同，不因人事代谢而废。"

不敢与先哲相提论英雄，但先哲与晚学间仿佛确有血脉相连。写下这些絮语，也算是久怀景仰之心却又无缘谋面的晚学对先生的一个纪念吧。

2010 年 2 月 9 日

仰前辈心地
学问之纯粹

恩师刘敦愿先生生前谈及学问，说他自己"一向认为，如果所论述果属真知灼见之作，经得住时间的考验，即使尘封于故纸堆中，需要的人自然会去查找，否则也就随它自生自灭，丝毫也不惋惜，无非表示从前曾经有过某种意见的存在而已"［《美术考古与古代文明·自序》，允晨文化出版公司（台北），1994 年；人民美术出版社，2007 年］。每追思鹤骨仙风的先生，常感念其境界之高远。

日前有网友跟帖，慨叹先生所言乃是真正做学问的态度，与今日学界某些作风形成鲜明对比。恰好闲读，看到学者提及"钱锺书早云，'大抵学问乃荒江野老屋中二三素心人商量培养之事'，则其本不需考虑争取读者一类问题（据说"文革"时期连一些公社甚至大队都订有《历史研究》，然恐无人认为那是历史学繁荣的标志）"（王东杰：《太阳比灯照得远》，《南方周末》2009 年 2 月 26 日）。
这样一种淡定从容的态度，在"天下熙熙，皆为利来；天下攘攘，皆为利往"的今天，更在拷问我们后学的心灵，提醒我们时时守望住读书人的精神家园。

2009 年 3 月 7 日

走出假说时代的轨迹

——

从二里头会
到
新砦会

2009 年底到新密参加"中国聚落考古的理论与实践——纪念新砦遗址发现三十周年学术研讨会",收获与感触良多。

2005 年,我们组织了"二里头遗址与二里头文化国际学术研讨会"。虽然对二里头遗址的首次发现发掘而言,那一年不是整数年份,但无疑,那次会也是纪念性的。最后,会议文集收录了五十余篇论文和提要,其中近一半的论文涉及族属与王朝分界问题。

此前,在海内外召开的多次与二里头相关的研讨会,都冠以"夏文化""商文化"或"夏商文化"的字样。在这一领域以遗址和考古学文化命名的会议,这还是第一次。我们坚持这样的命名,实际上收到了良好的效果——这是所有学者都能认可的，因为它们属于考古学层面的概念。

在会上，国内资深学者的话题以族属与王朝分界探索为主，年轻学者和海外学者则多关注方法论、人地关系、聚落形态、早期国家态势、文物制度、宗教艺术、文化交流和生产技术等课题。会上已没有了动情的激辩，基本上是自说自话。

作为组织者之一，我个人对 2005 年偃师会议的评价是，具有极强的过渡性。

此次新砦会议，提交论文和在会上发言的学者约四十人，除了两位省内资深学者论及新砦与夏王都所对应的关系，其余学者的话题则已呈全新的态势，令人欣喜莫名！

对前后相差四年的两个会的比较，使我坚信近年来本人参与鼓吹的"中国考古学正处于重要的转型期"的论调，至少在早期王朝时期考古领域是站得住脚的。仅就与三代相关的考古收获而言，如果大家认可诸如陶寺、王城岗、新砦、二里头、偃师商城、洹北商城、安阳殷墟、周原、周公庙等遗址近年的田野工作有所突破，那正是研究理念和方法回归考古学的结果。

世纪之交以来十余年间的田野收获，"从研究成果不限于一人一地、具有群发性的特点来看，可认为具有时代特征，它成为中国夏商考古学迈上一个新高度的标志，是学科整体水平提升的标志"（高炜：《跨世纪十年的夏商都邑考古》，科学出版社，2006 年）。

站在前人的肩膀上，在前辈筚路蓝缕建立起的扎实的考古学分期和文化谱系的基础上，我们选择了这样的继承和发展的路向。

另一句我近年一直爱重复的话是："考古学的学科特点，决定了其以长时段的、历史与文化发展进程的研究见长，而拙于对精确年代和具体历史事件的把握。"

如果大家也能接受这属于常识的话，那么是否可以认为我们正在走出扬短避长的时代，走出以假说为主要话题的时代，走出以假说为实证、以假说为"真理"的时代。

2010 年 1 月 2 日

切磋如攻玉，
人生复何求

隐身了两天，忙并快乐着。

在香港中文大学，参加"海峡两岸传统文化及玉器研究"研讨会，这是 5 月以来实施的"海峡两岸史前文化交流"系列工作坊的第三次研究交流活动，也是最后一次。

前天的开幕式上，遵东道主邓聪教授之嘱代表大陆学者致辞。因致辞文本发到每位与会者，所以开幕式上就不必"照本宣科"，又即席做了发言。

我谈到作为主要从事"不动产"（聚落形态）研究的学者，参加以玉文化为中心的研讨活动，斩获尤多。同时"票友"也有另类的视角，参与切磋，或可于探索有所补益。是对社会考古共同的关注，把研究不同区域、不同领域、不同个案的学者联系到一起。 学术研讨上升到理论与方法论层面，大家就有了共同语言，有了交流与沟通的平台。

说起来，参与史前文化的研讨，本人也并不认为是"客串"。

圈内的朋友知道，关于史前（Pre-history）、原史（Proto-history）与历史（History）时代的划分，我个人是倾向于用其本义的，即应立足于各个时期在研究材料和方法上的差别，着重考察文字与文献的演进及其作用，而不应把它们引申为对社会发展阶段的描述。

"历史时代"可定义为有直接的文字材料可"自证"考古学文化所属社会集团的历史身份的时代。 在中国，拥有甲骨文的殷墟（晚商）时期是其上限。 前一阶段的龙山、二里头至二里岗时代诸文化，均属于已发现了零星的直接文字材料，为若干后世文献（间接文字材料，属口传历史而非编年史）所追述，主要靠考古学材料来研究，但还不足以确认其"历史身份"的人们共同体的遗存。 这一阶段或可称为"原史时代"。

如果不采用三分法而仅使用"史前"和"历史"两大概念，则暂时没有发现当时的文书（而非零星文字）的二里头时代，当然应归为广义的"史前时代"，尽管我们认为它在社会发展阶段上已进入了文明时代。

——题外话，就此打住。

港、台、内地（大陆）学者相聚甚欢，交流由学术而至情感。 昨晚与刘益昌教授等别前再饮，借酒兴诌打油诗一首：

甘醇穿肠过，玉韵心中留。

切磋如攻玉,人生复何求。

2009 年 8 月 5 日

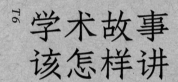

学术故事
该怎样讲

越是有不得不写的稿子，就越是想读可读可不读的"闲书"。

早上睁开眼，就从枕边堆放的新购闲书中抽出了一本，享受着先看后记、前言、跋语的乐趣——《神与兽的纹样学：中国古代诸神》（林巳奈夫著，生活·读书·新知三联书店，2009 年）。其后记：

电视上伟人（引者注：估计原文是"偉い人物"，应该译为"大人物"或"名人"，这类人如过江之鲫，不过没有几位能称得上是"伟人"）演说时，其身后总会站着满脸凶相、不专心听讲而环顾四周的专业保镖。观察一下那些耗费大量精力精心制作出来的殷周青铜器，其上的人面和兽面都用一种凶恶的眼神盯着参观者，看到它们就让我想起了那些保卫人员的眼神，这一点令人颇感意外。供奉给神灵的饮品及食物中绝不容许有奇怪的虫类出现，所以，这些人面和兽面都极其认真地观察着四周，这并非寓言，正因为人面和兽面在认真地顾眄四周，因而很有恐吓力。

只知道林先生是严谨细致、善写长文大书的大家，粗翻这位大家生前的最后一本书，也是最浅显的一本小书，看了上面这段话，才知道林先生还是一个讲故事的高手。几句话下来，他毕生最著名的观点跃然纸上。

在日前"《最早的中国》再版和翻译版本论证会"上，与会者也谈到了这样的话题。尽管大家都认可科学出版社出版的学术性公众读物，当然不能通俗到媚俗的地步，但《最早的中国》的故事性显然是应当进一步增强的。

可以就两本书的开头做一个有趣的比较。《最早的中国》（许宏著，科学出版社，2009 年）和《庵上坊》（郑岩、汪悦进著者，生活·读书·新知三联书店，2008 年），两本书都被作者自身和学界看作严肃的学术著作，又都是写给读书人而不仅是本学科的学者看的。

让我们先看《最早的中国》的开头：

做学问最讲究概念的准确。要讲清楚最早的"中国"是怎么来的，先要与大家一起梳理一下"中国"一词的来龙去脉。

再看《庵上坊》的开头:

> 像其他女人一样,从弯腰走进花轿的那一刻
> 起,她的名字就被忘掉了……
>
> 很多年以后,她那没有名字的名字仍然留在石
> 头上,那是两行完全相同的小字,工整而清晰地刻
> 在庵上村一座青石牌坊的两面……

商周青铜器上的纹样、清代的一座石牌坊和早期中国的一处大都邑,故事及其叙述方式肯定会有所不同,但显然《最早的中国》还有过于浓重的学究气,会让一些读者望而却步。如何把中国诞生的故事讲得更生动,对于像我这样一位偏于刻板的学者来说,无疑是一个巨大的挑战。

好在,前面已经有了像林已奈夫先生和郑岩等学友这样的榜样。

2010 年 1 月 31 日

饕餮盛宴的
美中不足

10月3日，连续看了首都博物馆的"早期中国：中国文明起源"展、"千古探秘：考古与发现"展和中华世纪坛的"秦汉—罗马文明"展，可谓饕餮盛宴。

挂一漏万，这里所谓一点"美中不足"，指的是"千古探秘：考古与发现"展。

展览的主题本来是"考古"，我本想它应该主要告诉我们的是考古怎么挖，而主要不是挖到了什么，应该主要告诉我们这些考古发现是怎么来的，而不是主要告诉我们发现了什么。也许是为了吸引公众的眼球，这个展览的重点还是落在了"发现"上。

展览本来是分为五大部分的，但我们只在"序厅"（第一部分）

和最后的"考古科技"_(第三部分)里看到了几样或传统或现代的考古用具，"出土文物断代与传世品鉴定"_(第四部分)、"考古未解之谜"_(第五部分)则一带而过或根本未提。"考古发现"_(第二部分)则占据了绝大部分空间，又分为"遗址考古"和"墓葬考古"两个单元。 总体的感觉就是按时代顺序陈列文物。 观众恐怕分不清遗址和墓葬的差别，反正出的都是东西。 其实，相当不少的墓葬出土品被放到了遗址单元中。

展出的当然有不少好东西，所以称为精品展可能更合适。

说句实在话，作为考古展，它已经相当不错了。 这里仅是发一点吹毛求疵的感想而已。

2009 年 10 月 5 日

由良渚博物院的
展板想到的

同行的朋友站在良渚博物院的一块展板前，不禁莞尔。

从中可见，以良渚文明为标志，中国文明诞生于公元前3000年前，是世界上最早的文明（之一）。其延续时间又无与伦比地长，绵延至今已达五千年。今天的中国文明仍属"世界重要早期文明"。由中国文明明确的"存在时间""约五千年"看，今后的文明则不属于中国文明了？

这些还不是我们最关心的问题。包括其中不知何据的美索不达米亚、埃及、米诺斯文明年代数据，也不是。

在这个年表所在的巨大的世界地图背景上，由西向东，几个红点标示的"米诺斯文明""古埃及文明""两河流域文明""印度河流域文明""中国文明"一字排开。"中国文明"的红点落在黄河流域的中原地区，而其东南，又单独用红五星醒目地标示出了"良渚"（字号稍小）。

正在进行的"中华文明探源工程"三处首选都邑遗址，恰是良渚、陶寺和二里头。我们此行，正是奔着这个小红五星来的。

由这一展板想到的，是这样一些问题：

良渚，是否是一个走完了其历史全过程的相对完整而独立的早期文明或"史前文明"——良渚博物院展板语？

良渚，是中国文明单线进化链条中早期文明的唯一？那么，其他满天星斗的"史前文明"呢？

在东亚大陆，究竟哪些遗存是可以与其他几大文明古国相提并论的"文明"实体？

这些"史前文明"和作为古代中国文明典型代表的中原王朝文明的关系如何？它们是后者的直接前身吗？

今天的中国文明，在多大程度上保有着古代中国的文明基因？它们是同一文明形态吗？换言之，是基本"连续"还是有较大的"断裂"？如是，那么从"连续性"上看，什么又是古代中国与当代中国最根本的文明基因呢？

能否列出几条形而上或形而下的要素，从器用到制度到思想乃至"核心价值观"，供大家做进一步的讨论？

在与其他几大文明古国相提并论的"中国文明"前面，是否也该加上个"古"字？

除了"源远流长""一脉相承"等定式话语之外，我们还能说出点别的什么来吗？

什么是中国文明？这些恐怕都是"中华文明探源工程"乃

至每个真正关心中国历史文化的人须加以深思和解答的问题。

2010 年 7 月 2 日

中国龙形象
仍被复杂解读

下午，从大阪关西国际机场起飞回北京的班机上，读到了当天的《环球时报》。其中第 16 版"要闻"整版刊载了该报六位驻世界各地的记者联合署名的长篇文章《萧条世界热猜中国龙年》。上网搜了一下，转载者颇多。这是一篇受欢迎的好文章。

一个偶然的"考古"发现是，报纸上该文"中国龙形象被复杂解读"一节的第一、二两个自然段，在以新华网、人民网为首的各网站的转载中，均不见了踪影。其实，正如该文起始一段所言："自今年年初龙年邮票发行以来，关于这条'凶猛'的龙是否代表中国形象的争论至今都没有平息"，这篇文章至多是对此前的争论又稍作梳理而已。文中所引英国《金融时报》中文网专栏作家老愚的文章《一条让人不安的坐地龙》在网上随处可见。 至于老愚文中说到较之于 1988 版龙票的活泼绚烂，2000 版的飘逸柔美，今年龙的张牙舞爪和满街在寒风中抖擞的"北京精神"横幅一起，组成不容置疑的当代图腾，"时势使之然也"，也不过是一种读法而已。 已印刷发行的文章又删去了两段，倒不免又让人从中读出了点什么。

作为专攻古代的考古人，龙形象见多了，知道其实今年的这个龙才更接近龙的真实面目，尽管习惯了做龙的子孙的吾辈，可能有不少人接受不了。

这话题以后还可以从考古的角度再谈。

2012 年 1 月 20 日

说长道短
侃"千纪"

正在博客上连载的这本小书《最早的中国》里，多处出现"公元前 2 千纪""公元前 3 千纪"的字样。 以往发文，编辑们经常把它改成"公元前 2000 年""公元前 3000 年"。 一个时间段成了一个时间点，令人哭笑不得！

颇为专业的编辑们尚且如此，看来它在汉语中的社会普及度还远远不够啊。 或者是我们的译法、用法有问题？ 难怪！本人用的五笔输入法词库中没有"千纪"这个词组。

手头的《现代汉语词典》中没有"千纪"一词；上小学的女儿用的《新华字典》当然更没有。

《英华大辞典》中 millennium 一词的中文释意是"一千年（间）"，非常准确但没给出对应的词。

在谷歌翻译中 millennium 被译为"千年期";键入"千纪"反查，才给出了 millennium。

于是网上再搜"千纪"，其实用的已不少，但多见于专业领域。

谷歌中跳出了"百度知道"的一问："公元前'第 2 千纪'是什么意思？ 指什么时候？"上方标注"已解决"。 正是我想知道的，然后看"最佳答案"："指的是公元前 2000 年啦!"——瞠目。

下面还有其他回答：

"公元前 2 世纪是汉武帝时期……"——一下子缩水到"世纪"去了。

"以耶稣降生那年为公元 0 年，在此之前多少年，就称之为公元前多少年。"——没错，但答非所问。

"不可能至公元前 2000 世纪吧。 那就是公元前 199900 至 200000 年以前的事了，大概那时候人类在旧石器时代末期吧。 如果是公元前 20 世纪，即公元前 1900 年至公元前 2000 年间，我国在夏代，大约其他地方没什么大事，就是巴比伦汉谟拉比法典在公元前 2100 年发布，但那是公元前 21 世纪的事。"——还是抓住"世纪"不放。

看来大家只知"世纪"不知"千纪"。 也难怪，以千年为时段的活儿，主要是我们这些历史学者和考古学者来干的，可能太专业，也没跟大家说清楚。

于是，也想回一帖。 点"提交"，还要注册，干脆发到"自留地"里，算是个小贴士吧：

千纪（Millennium）与世纪（Century）对应，一个"千纪"是 1000 年，等于 10 个世纪。公元前第 2 千纪（也有人说"第 2 千年纪"），指的是从公元起向前追溯的第二个千年，即公元前 1001 年到公元前 2000 年这一千年的时段。

不知说明白了没有，乞批评。

造句：公元前 1 千纪下半叶的中国大陆风云激荡，屈原（约前 340 年~约前 278 年）正当其时。

2009 年 5 月 28 日

假如整个东亚成为遗址，由中国考古学家来发掘

假如整个东亚成为遗址，由中国考古学家来发掘，排除了各地共有的现代化因素，根据祭仪和传统节日中器用、服饰以及建筑、汉字等遗存与古代中原文明的相似程度，他们首先观察到的是，与韩半岛和日本列岛相比，东亚大陆本土文化与当地古代文明有着较大的差异，而后二者与古代中原文明的相似性更大。 由是，会有考古学家进而推论韩半岛和日本列岛的居民是古代中原文明的直系后裔，并给出多条关于迁徙路线的研究方案；而现居东亚大陆本土的居民，则应是外来移民，他们至多部分地吸收了当地古代土著的文化因素，因为其变异性大于继承性。

如果以韩半岛和日本列岛文化（暂以两地居民的自称称为

"韩文化"和"和文化")为主体加以叙述，那么依照当下中国考古学界整合研究的命名原则，古代中原文明就可以理所当然地被命名为"先韩文化"和"先和文化"了。

由于考古学的研究对象是已逝的社会，有关族群的文化认同乃至族别的自我认同基本上查无实据，考古学家由无力探究到无视"认同"问题也就情有可原，这也就给了致力于探索考古学文化族属问题的考古学家以更广阔的"立说"的空间。

2009 年 2 月 15 日

遗产定名杂弹：
北有二锅头，
南有二里头

二里头遗址的命名，纯属偶然。

1959 年，徐旭生先生一行踏查"夏墟"，是从偃师商城南部一带（经高庄到新砦，高庄在城址东南，新砦在城址西南）出发向西，过河先到二里头村的，在村南发现灰坑和遗物，故命名为二里头遗址。

我们在发掘中，经常听到同样位于遗址范围内的圪垱头村的村民抱怨，说你们挖出来的"金銮殿""紫禁城"什么的都在俺村地界，当年考古队也常年住在俺村，凭什么叫了二里头遗址，应当叫圪垱头遗址！

是啊，这就是历史的机缘，没任何道理。徐先生一行当年如先到圪垱头，遗址可能也就以圪垱头命名了。听着村民的抱怨，你只能莞尔一笑。

但歪打正着。二里头、二里岗前后相继，像一对孪生兄弟，名字都那么般配、那么豁亮，那么透着浓烈的民俗味。

也有地方领导酒气熏天地来二里头发掘现场视察，一时忘了遗址名："叫什么来着？二、二、二锅头？"引得周围百姓憋不住地笑。

从这里得到灵感，大家觉得如果像"仰韶""杜康"那样注册一个"二里头"酒，打历史文化牌，说不定这酒还真能火起来。

顺着这个思路，广告也就出来了：

> 今有大京都，古有第一都。
> 北有二锅头，南有二里头。

2010 年 1 月 12 日

考古人为何将岩画
研究拒之门外

"研究中存在的诸多困难，让很多考古界人士将岩画研究拒之门外。"（唐红丽：《中国岩画研究补上"中原岩画"一课》，《中国社会科学报》2011年12月15日）是的，我们考古人仍在岩画研究殿堂的大门外观望，原因文中也说清楚了：一曰解读难，学者们对岩画内容的"种种设想""多属推测"；二曰断代难，"不能套用考古学研究范畴"，"目前很难找到科学断代方法，这是绕不开的大问题"。因此，这里没有我们的用武之地。

仅以这篇"第三届黄帝文化国际论坛在郑州开幕"的新闻报道为例，我们注意到，无论学者还是媒体人，都有意无意地给出了较为明确的岩画断代：

岩画……指史前人类在以岩石为代表的材料上制作的图形绘画，体现文字诞生之前人们的世界观。

陈兆复认为，具茨山岩画……的发现或将为中国文明起源带来全新认识。中央民族大学中国岩画研究中心教授张亚莎告诉记者，河南地区岩画体量巨大、表现主题独特、时代早、分布区域集中而确定。

南京师范大学教授汤惠生告诉记者，具茨山大规模发现"凹穴岩画"……为中国旧石器时代晚期艺术形式研究提供了考古学新依据。

中原岩画的发现不仅为研究上古神话提供了极大的想象空间，还激起了更多学者的研究热情。

但何以时代早至"史前"？何以断定为"旧石器时代晚期"或"文字诞生之前"？何以与"中国文明起源"有关？何以只"为研究上古神话提供了极大的想象空间"？

2009 年 10 月 5 日

影视演员到底该用什么"爵"来饮酒

关于爵究竟是饮酒器还是斟酒器的讨论，已旷日持久，至今聚讼纷纭。 有网友注意到，在《最早的中国》中我是持"爵是一种小型温酒和注酒器"的观点的：

> 我们在古装戏中经常可以看到王公贵族们举爵干杯的场面，爵是否是直接用来饮酒的，却仍存疑问。陶爵中一直有夹砂陶存在，且在有些陶爵的底部发现烟炱的痕迹，说明它具有温酒的功能。把温好的酒由爵倒入觚中饮用，可能是较为合理的解释。

　　大家很关心，书中又未能展开来谈，这里就再稍作分析。

我们从一则不同意爵为斟酒（注酒）器的文章谈起（为方便夹叙夹

议，先注明引文出处。薛理勇：《爵是古代的饮酒器具》，《食品与生活》1996年第5期）：

　　　　　把青铜爵释为"斟酒器"并不是上海博物馆专

家们首先发明的。1975年河南省考古研究所在偃

师的"二里头文化"墓葬中，出土一只爵身铸有乳钉

纹的爵，并定名为"乳钉纹爵"，它是商代早期的遗

物，该爵也是带"流"和"尾"的三足爵，总高22.5厘

米，从"流"至"尾"长31.5厘米。由于"流"长约13

厘米，于饮酒略有不便，于是河南省考古专家参照

现代人饮酒用杯的习惯，猜测"乳钉纹爵"不是直接

用于饮酒的，而是与现代的壶一样，是用于斟酒的。

　　　　　……但是这只乳钉纹爵去足后爵身仅高约14

厘米，最大口径约10厘米，腰部直径不足5厘米，

容量不足300毫升，古代没有蒸馏酒，商代的酒相

当于现在的水酒，酒精度一般在7度（绝对浓度为

10~11度），所以现代人饮水酒用大杯，就如饮啤酒

一样，商代是饮酒亡国的，饮酒器的容量较大，如通

常被叫作觚、斝、觯等饮酒器的容量均超过500毫

升，大的超过1000毫升，按常理或现代的饮酒习

惯，斟酒器即酒壶，饮酒器即酒杯，酒壶的容量肯定

比酒杯大，而且大许多倍；而乳钉纹爵的容量不及

当时饮酒用的觚等容量的一半或一半以下，人们也

不能接受"壶"比"杯"小的瞎猜，所以河南考古专

家的猜测根本不能被人们接受,仅是一种自说自话而已……

只要一瞥,也就知道类似的器物是否适于饮酒。 不惟槽状长流的青铜爵,我们看流行于二里头早期的管流陶爵,适于嘴对嘴地饮酒?

容量问题,的确是把爵推定为斟酒器不太好解释的地方,有学者进而推测其有以香料调酒的功能。 作者下文的推测或可解释为什么"爵的容量不及当时饮酒用的觚等容量的一半或一半以下":

> 爵既是饮酒器,也是告诫人们节制饮酒的酒器,所以爵成了一种定量酒器。周朝规定,筵席上饮酒以三爵为限,如《礼记》中所讲:"君子之饮酒也,受一爵而色洒如也,二爵而言言斯,礼已三爵而油油以退……"

> 大概爵是一种定量的酒器,所以周代爵也成为文人雅集中罚酒的专用酒器。

在推杯换盏中以小酒盅为量器的做法,至今仍盛行。

> 当人们根据商代早期的乳钉纹爵的造型推断原始的爵是一种斟酒器时,不能把爵说成是一成不变之物,它就永远是"斟酒器"。

> 先秦文献中关于"爵"的记录实在太多了。

《周易·中孚·九二》爻辞中讲:"鸣鹤在阴,其子和之;我有好爵,吾与尔靡之",这里的"爵"即酒杯,引申义作酒;《诗经·小雅·宾之初筵》中讲:"酌彼康爵,以奏尔时",这里的"爵"就是饮酒用的酒杯;《礼记》中讲"孟春三月,天主载未耜,率三公九卿,诸侯大夫躬耕帝籍,反(返),执爵于大寝;三公九卿,诸侯大夫皆御命,曰:'劳酒'",显然,至少在西周,爵就是酒杯,而不是其他东西。

爵在西周是作为酒杯而广为使用的,这是史实。但是从商初至西周的几百年历史中,尤其是周革商命后,爵的造型和用途也发生变化。首先在用途上,爵由原来的斟酒器(姑且算它是斟酒器)逐渐蜕变为饮酒器,原来太长的"流"不适宜饮酒,必须缩短,为了保持平衡,与"流"对称的"尾"也相应缩短,所以西周的爵已从原来的长"流"长"尾"蜕变为短"流"短"尾",这于饮酒就方便多了。

看来,接受不了"河南考古专家的猜测"的作者,最后还是认可了早期爵"太长的'流'不适宜饮酒"的特点和可能的斟酒功能。西周爵变得便于饮酒的观点则富于启发性。

古代器物,颇可能一器多用。多数学者推断起来也不敢自负。上引拙著《最早的中国》,对古装戏中举爵干杯的场面就只是"仍存疑问"而已,认为其注酒的功能,也仅认为"可能是较为合理的解释"。大家都是在推测。

商代早期的爵是斟酒器仅是一种猜测，这种猜测在许多方面讲不通，而西周以后的爵肯定是用于饮酒的，请影视演员大胆地用爵饮酒吧。

从古代文献的记述看，作者文末对西周以后的爵用于饮酒的"肯定"，是可以肯定的。关键的问题是，西周以后的爵还是我们特指的三足有流酒器吗？

这个一定要搞清楚。我们引酒器专家杜金鹏先生的论证（《商周铜爵研究》，《考古学报》1994 年第 3 期）作为收束：

综合几十年来的考古材料知道，陶爵大约绝迹于殷周之际，而铜爵不见于西周以后。但东周以来的文献典籍，却常常说当时以爵饮酒……现在我们可以断定，文献所见东周秦汉时代的所谓爵，与商周陶爵、铜爵毫不相干。

自考古学在中国兴起，各地出土的陶、铜爵数以千计，传世铜爵亦数目可观，其中年代明确者，没有一件是晚于西周者（宋元以来的仿古制品除外）。

爵在古代可泛指一切酒礼器，甚至一些西周青铜食器也往往自铭为爵。东周以来的所谓爵，多属泛称，指一切饮酒之具。

考古发现的东周以来的饮酒之具，与商代和西周铜爵皆不类。……东周饮酒之具主要是角杯和耳杯。……从汉代人对于爵的描述，也可看出其所指绝非商周铜爵之类器物。

爵的复出,大概是宋元以来的事情。

　　看来,影视演员到底应该用什么"爵"来饮酒,仍是个不大不小的问题。

　　最后,杜金鹏先生同意爵之功用上的"亦饮亦温说"。 温酒饮酒之道,盖亦以中庸为上吧。

2011 年 7 月 18 日

"十大考古新发现"，为何我没投"曹操墓"一票

作为中国考古学会理事，可以参与年度"全国十大考古新发现"的评选投票。尽管只是约二百票中的一票，尽管只是评选六十进二十五，但这个民主权利还是一定要行使的。

今年，我没有投"河南安阳西高穴曹操高陵"。因为我不能认同这个名称，正像如果把全国重点文物保护单位"二里头遗址"定名为"二里头夏都斟鄩"，我不能同意一样。

如果这项发现定名为"河南安阳西高穴东汉墓"，我可能会投它一票。因为，如果带"魏武王"铭的遗物没有问题，这墓可视为纪年墓或准纪年墓，因为它的年代可以被限定在公元220年的数月之内。由于它发现了与曹操有关的遗物，有理由推断它有可能（甚至极有可能、最有可能）是曹操墓，也不排

除是与曹操有关的其他历史人物的墓。 作为推断，这些提法都没有问题。 它的时代、它的地望、它的规格，都很有说头。仅以这样的定名和这样的提法，它就有资格、有可能跻身"十大"。

因为，年度"十大发现"是相对的。 圈内朋友议论时，也常慨叹当年的考古发现是"大年"，有那么多重要发现，投票时实在难以割爱。 因每年十项的限制而没能挤进"十大"的，如果参与前一年"小年"的评选，说不定就上去了。 而且，每年的评选都要考虑考古发现在时代和地域的均衡，能否入选还是有很大的或然性的。

现在进入六十项的，可以说都重要，哪项上去了，都能毫无疑问地说出一大堆重要性来。 所以，"河南安阳西高穴东汉墓"的分量未必不够。

但在目前的状况下，对墓主人身份做如此确切的定性，已超出了我作为考古人秉持的"有一分材料说一分话"的认知底线，因此是我所不能接受的。

2010 年 3 月 17 日

由论战引发的对
公众考古的思考

　　我没有参与甚至没有过多关注这场网上论战，除了接受不了网络争鸣中非理性的氛围，还有讨论的话题不在同一层面的感觉。@盗墓中国的博主如果真是一名在校大学生，而不是像网友推测的那样是一支营销团队（从名字到内容都极具"包装性"和流行元素）的话，那她只是一位《盗墓笔记》的拥趸、盗墓文学的爱好者而已。盗墓文学应该归为通俗文学，属于流行文化吧，所以讨论的话题很大程度上属于虚构作品和虚拟空间的范畴。

　　在我看来，如果认为@盗墓中国类的网络盗墓文学在"三观"上会大大影响其他网友公众，那恐怕就属"杞忧"了。在价值观多元甚至混乱的时代，这些都是不足为奇的。盗墓文学的受众更多的是奇闻逸事的猎奇者，而非真正的文物考古爱好者。 在这里，"盗墓"只是一类吸引人眼球的题材而已，与违法的盗墓行为几乎没有什么关联。 多数读者也是持"我们又不去盗墓就图个消遣"、"我看的不是考古，看的是这千奇百怪的故事"、"别把小说当现实"的心态来消费这类作品的。

值得注意的是，在引发"口水战"的原帖中，@盗墓中国用了"打着旗帜""站在神坛上"之类的字样，迎合了网友对权威专家、"官方高端人士"、专业人员、学术性的某种不满情绪。 她关于"学术要被普通大众所接受，就必须符合大众的口味"的标榜，是可以看作"他山之石"而引为镜鉴的。尽管这里所谓的"学术"是否即为学术（有网友就指斥其为"伪学术"），"符合大众的口味"和一味媚俗的关系都还可以讨论，但从中还是折射出了我们在公众考古上的某些差距。在论战中，"晦涩的文字，专业性那么强"是不少网友看我们考古人文字的共同感觉。

田野考古和研究的专业性、学科传统上的封闭性，导致我们这个日益引人关注的学科在与社会的沟通上存在着缺乏透明度、信息不对称、语言不易懂等问题。 最大的问题，恐怕还是心态不开放。 譬如考古与伦理这类话题，是西方公众考古的议题之一，但在我们国家也还没有展开充分的讨论。 公众考古的真谛，应是公众能够深度地参与其中。 这意味着所谓公众考古，不是专家学者们抱着"施舍"的心态做单向度的"指教"和灌输，而是与公众进行真正平等的对话。 公众整体文化素养的提高，当然要靠包括考古人的努力在内的对民族历史文化养分的发掘和汲取；与此同时，公众的思想成果何尝不应是考古学科发展的重要给养，甚至可以让我们反思为何而考古的学科路向问题。

　　真正做到公众深度参与的公众考古，在我国还刚刚起步。我对此次论战有较乐观的看法，放宽时间的视域，这样的讨论应有益于考古学科和公众双方走向成熟。作为愿意在这一领域做点实事的践行者，感觉我们还有许多工作要做。就我自身而言，更倾向于少辩多做。

2012 年 12 月 21 日

本文系《中国文物报》所刊《微言大义：考古与盗墓的微博大讨论》之文

辑二

抒怀

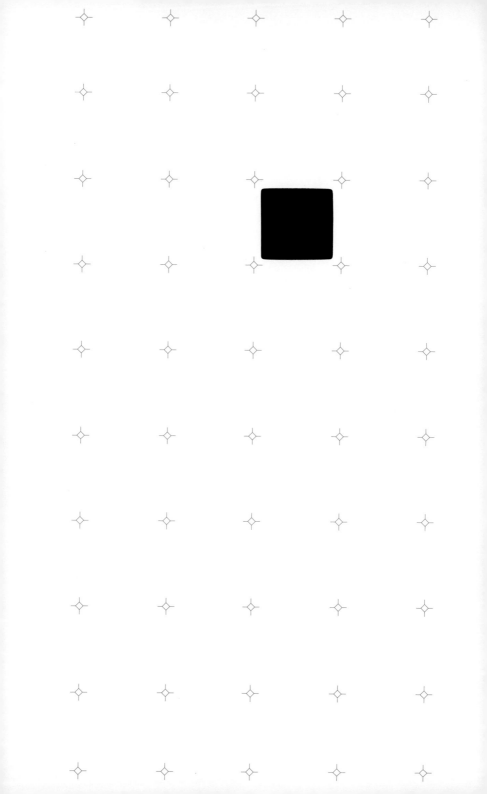

为什么"发现明日
中国",要回望昨
日中国

起于河东山
西,成于河
山之外

为全球文明史的建构
增砖添瓦

学术之需,
时代之需

从二里头到
上海的"穿
越之旅"

T_1

T_2

T_3

T_4

T_5

学者的家园

我与偃师的
不解之缘

做历史的侦
探，发掘文
明的真相

考古百年之际
的一份厚礼

历史公共写作
就像翻译

T6

T7 T8

T9 T10

为什么"发现明日中国",要回望昨日中国

　　当我在太原到晋南的大巴上，先请作为考察团团员的女儿站起来跟大家亮相时，小团员们惊呼："太像了！"话题就从这里开始，从他们刚学到的基因（gene）这个词开始。

　　由基因的传递，后代获得了双亲的特征。那么一个族群、一个国家和民族，何尝不是这样呢？首先是出于我们与生俱来的好奇心与求知欲，我们从小就想搞清楚：我是谁？我是怎么来的？知道自己是如何从孩提时代走过来的，才算一个没有"失忆"的正常人，从而建构起我们的认同：家族认同、乡土认同乃至国家认同。为什么我是中国人？我们和世界各地的"外国人"有什么不同？我们说中国文化源远流长达数千年，我们的骨血里浸润着中国文化的印记。那么，哪些是我们中国

文化的基因呢？

　　说到文化基因，大家肯定对每年的"春运潮"印象深刻。上亿人次的年度"民族大移动"，构成全球罕见的文化景观。为什么明知回家的路是那么艰辛，千百万人还是一定要在"春节"那个特定的时刻回到家人的身旁，吃顿团圆饭？那是一种共同的关于祖先、血缘和"家"的文化习俗和记忆。再举个例子。为什么世界上有不少"死文字"到现在还无法破译，而失传三千年的甲骨文，一旦进入清代大学问家的法眼，很快便被释读出来？对中国古代金石文字的高深造诣和对古代典籍的融会贯通，使得一百多年前的惊世发现成为可能。这就是文化上的血脉相通。

　　大家是祖国的未来，明天靠我们来创造。但作为中国人，如果不知道中国是怎么走到今天的，那很难相信我们能建设好祖国的明天。"没有历史，就没有根；而没有根，就没有未来。"我们这次"发现明日中国"文化考察活动，主要考察的是历史文化，可以称得上是一次寻根之旅。道理就在于此。

　　感觉我们人类好像进化得越来越聪明了，但从我们的某些行为上看，似乎又不是那样。我们享受着现代生活的舒适便利，惊叹于城市风貌的日新月异。不少城市争相跻身国际化大都市的行列，但它们独特的印记在哪儿呢？数千座城镇几乎一模一样，是不是一件很可怕的事情？我们在建设崭新都市的同时，是否拆毁了太多遗留有我们祖先印记的文化遗产？现在我们每到一地，是否感觉最能体现当地特色、具有"名片"性质的，就是它的历史文化遗产？

　　无论理解当下的中国，还是历史上的中国，都需要到昨日的中国去寻找答案。 我想，从中探寻、搞清哪些是我们应该光大弘扬的"中国精神"，才是"发现明日中国"的题中之意。

在我们的寻根之旅中，历史学家、考古学家扮演着探路者的角色。 比如，我们民族的"根""魂"，许多有形和无形的遗产，都可以从考古学揭示出的遗存中找到。 教科书上每增加、改动一句话，背后都有我们洒在田野上的心血和汗水，看似与现代没有关系的一门偏僻的学科，却一直在为社会提供着精神食粮，丰富着人类智慧的宝库。 你们如果能从我们的工作中获得点滴的收获，那就是我们最大的快慰了。

如果要留一句寄语，我想说：发现明日中国，做健康、博学、理性的你！

2012 年 10 月 6 日于北理工附中

本文系"发现明日中国"文化考察活动即兴发言

起于河东山西，
成于河山之外

　　说句实在话，当最初在二里头接到宋建忠所长的电话，得知请我来太原是要我讲"最早的中国"时，我的第一感觉是有畏难情绪。 在《最早的中国》出版前后的数年里，我已应邀在不少地方讲过这一话题，还没有哪个地方的听众认为当地比二里头所在的河南更有资格拥有"最早的中国"这顶桂冠。

　　但山西，恰恰就是这样一处被认为有资格的地方。 何努博士从陶寺的发现做出推论，宋建忠先生也有专著《龙现中国：陶寺考古与华夏文明之根》（山西人民出版社，2006 年），来论证"最早的中国"就在这儿。 所以在太原跟大家谈"最早的中国"，我一定要专门加上这样一段开场白。 用不着大家来提问，我就必须回答这个避不开、躲不过的问题，要向山西的朋友交代清楚：为什么你认为二里头而不是陶寺才算是"最早的中国"。

据说前天唐际根博士的讲题是《究竟什么是考古学》，今天的话题虽然属于实例分析，但实际上讲的也是"究竟什么是考古学"。考古学上有许多问题存在着不同的看法，这些问题又可以分为两大类。一类问题是"真相只有一个"，确切结论有待进一步的证据获取和研究，比如陶寺的"观象台"，比如安阳的"曹操墓"（请允许我把这两个词汇暂时加上引号，表明我自己现阶段的态度和看法）。另一类看法上的不同则属于认识论层面的，所谓"仁者见仁，智者见智"，这些解读认识并不排他，会长期共存，不是权威发布，没有真理谬误之别。"最早的中国"究竟是在陶寺还是在二里头，就属于这类问题。

昨天乘动车来太原，过石家庄后西上，就开始一路爬坡，翻越太行，耳朵都有感觉。太行和黄河之间这块山河拱戴、相对封闭的宝地，让我想到了历史上的山西，想到了这块宝地由远及近的一幕幕历史剧。由是想到了一句话："起于山西，成于他地"，或者可以说是"起于河东山西，成于河山之外"。这现象不知是否有人概括过，至少我没有读到或者听说过。

先看陶寺。大范围吸纳，高度兴盛，但势力范围不出晋西南，甚至更小，对外影响显然偏弱。真正对其礼乐内涵加以拣择而发扬光大的，是在河之南、山之东的二里头、二里岗和殷墟文化这个系列。

简单地把陶寺和二里头加以比较：陶寺是邦国时代的绝响和顶峰，二里头则是广域王权国家的先声；陶寺是前王朝时代"满天星斗"中最亮的一颗，二里头则是东亚大陆王朝时代的一抹朝阳；陶寺是早期中国的萌芽或雏形，二里头则标志着早期中国的形成。

有学者认为夏商周三族的祖源，通通源自山西，然后光大于豫北、豫中、豫西和关中，建立王朝通通在"河山之外"。

晋国继承周文化的衣钵，虽盛极一时，但势力仍不出河东山西。到了三家分晋、战国诸雄争霸，韩、赵、魏的都城无不迁出山西，定都于外围的河之南、山之东，然后成就其跻身"七雄"的霸业。

> 起于河东山西，成于河山之外；
> 想来小有遗憾，毕竟值得自豪！

这就是山西。山西当之无愧地成为一波一波华夏文明潮的策源地。

现在，我们就书归正传，看看站在陶寺肩膀上的早期王朝的辉煌。

2010 年 11 月 21 日于山西大学

本文系"山西考古文化周"公益讲座开场白

为全球文明史的建构增砖添瓦

女士们、先生们，下午好！

谢维扬教授本来希望我代替没能来参会的段渝教授做个学术总结，这是不敢当的。我只是一个普通的参会者，而且是从事形而下的考古学研究的。所以这次会议主要是来学习，感觉收获很大，那就借此机会与大家分享一下我的一些感受。

首先要感谢会议的主办方——作为中国国家起源研究重镇的上海大学以谢维扬教授为首的团队，给我们提供了这样一个非常好的交流平台。

两天的会议富于成效，除了论文宣读，我们还进行了较为充分的答疑讨论。由于参会人数适中，会议没有分组，让参会者能听到所有学者的发言并相互交流，这也是难能可贵的。

与会者的论文涉及与国家起源相关的理论方法，以及从考古学、文化人类学、文献学、古文字学等不同视角所进行的探索实践，而这些个案研究也不同程度地涉及理论与方法论的问题。只有到了这个层面，以不同地域不同历史阶段为研究对象的学者们，才有了共同的话语系统。国家是人群碰撞、博弈、调和的产物，不同研究领域的跨界交流和思想碰撞，相信也是推进相关研究的必由之路。从这个意义上讲，这次研讨会在学术史上必将留下深深的足迹。

作为中国学者，我们要感谢不远千万里来参会的外国学者，给我们展示了他们精湛的研究成果，尤其是他们的方法论思考。作为考古学者，由于考古学学科的特殊性，我们把大量精力耗在了田野工作中，去努力解读那些无字地书。这样，在几十年的时间里，考古学给人一种做象牙塔学问的感觉，甚至我们与作为兄弟学科的人文社会科学同行的交流都很少。因而，这样的跨界交流，对我们来说更加珍贵。

从学术史上看，中国学术界在 20 世纪后半叶，至少有三十多年的时间里是处于基本封闭的状态。这种影响甚至一直延续至今，仍然相对封闭，是我们不能不承认的事实。哈佛大学张光直教授曾指出，中国考古学历来有漠视理论的传统。一个例子是，到目前为止，我们的《中国考古学年鉴》还没有"理论与方法"板块。关于国家起源研究理论建设的不足，直接影响了研究的深度与质量。

在这种状态下，我们还是进行了一些有益的探索。

几代考古人，从民国时期的开拓者，在座的李伯谦教授这代前辈，到我们中青年学者，通过努力建构起了关于东亚大陆早期人类发展的时空分布和文化谱系框架。 目前，整个考古学科开始进入以社会考古为主的新阶段。 而在座的林沄教授曾指出，中亚草原地带是个奇妙的历史旋涡之所在，它把不同起源的成分融合为一个稳定的综合体，又把综合体中的成分，像飞沫一样溅湿着周围的地区。 这一历史现象，至少深刻地影响着中国北方，甚至波及中原。 林沄先生这样的视野已远远超出了"中国"的范畴。 谢维扬教授在 20 世纪 80 年代，就把酋邦理论介绍到中国，并做了初步的本土化的研究阐释。 陈淳教授及此后的海归学者，中西兼通，接续民国，在不断拓宽"世界的中国考古学（历史学、人类学）"的路向。

抚今追昔，学习和借鉴域外既有的优秀理论与方法论探索的成果，将其本土化或曰中国化，还任重道远。

本次研讨会上，在与哈佛大学年轻学者哈克（Yitzhak Jaffe）的交流中，他说对我的研究的认知度可以达到百分之九十五，我也是同样看待他的早期中国研究的。 本人没有海外留学的学术背景，我们从不同的角度看问题，却拥有共同的话语系统，得出大致相同或相近的结论。 这应该看作我们走向"世界的中国考古学"的一个小小的缩影，这让我感到大大的欣慰。 它代表着未来学术研究的趋向。

每每捧读《全球通史》《全球文明史》之类著作，我们深感其中国部分还没有被全面、系统、准确地收录和展开。 作为中国学者，我们应该而且能够对全球文明史的建构工作增砖添瓦。 想到这些，一种责任感被唤起。 我们愿意与包括在座各位在内的国内外同行加强联系，增进交流，共同推进相关问题研究的深入。

谢谢大家！

2015 年 11 月 15 日于上海大学

本文系"国家起源研究的理论与方法"国际学术研讨会闭幕式发言

装作有闲

抒怀

学术之需，
时代之需

　　总体上看，中国考古学这一百年，基本上可以分为民国时代的近三十年，新中国成立之后的前三十年出头，和《江汉考古》创刊以来的四十年，加在一起正好是一百年时间。 大家也知道，这后四十年像刚才栾丰实老师说的，正好处于中国考古学的转型期，中国考古学的研究重心正"由原来的建构文化谱系、描述文化过程为主的文化史研究，向人、社会、资源和环境及其相互关系为主的社会考古学研究方向转移"（《东方考古·序》第1集，科学出版社，2004年），这是关于研究对象和研究方向的思考。另一方面，诚如赵辉老师指出的那样，"此前阶段，若干权威大家设计好方法，由整个学科共同使用的情况，恐怕再也不会出现了。 对此，我们必须有充分的心理准备"（《考古学关于中国文明起源问题的研究》，《古代文明》第 2 卷，文物出版社，2003 年），这是对研究主体，即研究者群体状况的认识。 对这样的分析，我个人是持赞同态度的，也是中国考古学学科转型的一个鼓吹者。 我在一些讲座中，认为如果从考古学史、研究者的角度来说，这后四十年开始进入"后大家时代"。 这是一个重大的变化，整个学界都必须准备迎接学科不断走向成熟的"断奶期"。

以前，夏鼐先生《关于考古学上文化的定名问题》（《考古》1959 年第 4 期）的一篇论文，几乎可以作为中国考古学史分期的重要标尺。 但是这四十年，由于进入后大家时代，多元思维开始呈现，像刚才赵辉老师说的国际化，是不是可以说只是这个时候，我们才真正进入了中国考古学学科的"黄金时代"？ 因为以前所谓进入"黄金时代"基本上指的是大发现的时代，而光是考古发现的累积本身恐怕还谈不上"黄金时代"，现在应该是思维更进一步的时代，思维更缜密、更深入的时代。 如果说我们考古学有两大魅力，第一个肯定是发现之美，第二个我觉得是更值得我们骄傲的思辨之美。 这思辨之美，更多地显现在这四十年。

在这样一个学术权威缺失、充满活力的变革时代，学界需要充分的讨论和思想的碰撞达成一定程度上的共识，从而推进学科的发展。 而这个讨论和思想碰撞的窗口，就应该是期刊。

但是，尽管在中国考古学学科发展上，我们因转型而进入了"黄金时代"，但在期刊上，反而是健康的学术讨论、学术批评和争鸣缺少了，不如以前了。 为什么？ 是受到社会思潮的影响吗？ 肯定是有影响的。 中国学术界在 20 世纪的上半叶，曾经有很好的学术批评的氛围。 在经历了 50 年代至 70 年代种种社会思潮之后，出现了两种倾向：一是学术批评超出了学术的范畴，仍然有"大批判"式的火药味，整个学界做不到心平气和地探讨学术问题，往往"将正常的学术批评上升到私人恩怨"。二是"表扬与自我表扬相结合"，只有好听的而没有批评，"在这种学术的氛围中，报纸杂志上发表的不少书评，给人的印象就好像书商卖书的宣传广告一样"（孙华：《西南考古的现状与问题》，《南方文物》2006 年第 3 期）。到现在为止，我们的期刊上还缺少像欧美学界那样长篇的、真诚的、对事不对人的深度书评。

现在，包括《江汉考古》在内有许多名刊，越是名刊，越有顾虑、负担越重，作为读者，我们感觉考古期刊在思维层次上还有进一步提升的余地。在学科转型的过程中，学术刊物应该起到导向和引领的作用。除了具有示范意义的田野考古报告简报的选用外，不能再回避理论和方法论的探讨了，不能再回避争鸣和讨论了，说得严重一点，不能再回避应有的学术责任了。随着研究的逐步深入和学科分支的不断细化，人文学科的各个领域的研究都有"碎片化"的倾向，从考古期刊看，我们的学科也不例外。对具体遗存、具体问题的微观研究是学科发展的基础，当然不能偏废，但不应因追求四平八稳，怕讨论、怕争议、怕学术批评而仅有实证考据类研究的内容。期刊如果不站在时代的前列，就要被时代抛弃。

说起来，我们要怀念 20 世纪 70 年代末、80 年代初《中原文物》的前身《河南文博通讯》关于夏文化的讨论，引领了潮流，我们怀念早亡的《史前研究》，我们怀念转型前的《文物天地》，我们怀念《东南文化》一度的活跃，在当时都是引风气之先的。当然，它们的转型变化也都与当时的社会经济状况与市场化的趋势息息相关。 现在的《南方文物》，还不属于评价体系的名刊，至少比《江汉考古》要少一些"头衔"吧，但它已经成为中国考古学界一个现象级的存在。

以前在其他名刊的纪念会场，我也提出过，现在把它作为最后一句话，一个呼吁，就是期刊应该引领学科转型与发展的潮流。 我们呼唤期刊上健康的学术讨论与学术批评，这是学术之需，时代之需，是推进学科健康发展的必由之路。

2021 年 3 月 20 日

本文系"纪念中国考古学诞生一百年暨《江汉考古》创刊四十年学术研讨会"发言

从二里头到上海的
"穿越之旅"

　　我还有点自知之明，知道这么高的点击量不是冲着我个人来的。那是公众对考古这个还很神秘的学科的一种好奇和窥探。

　　而我作为考古人，只是起到了一点连通考古与公众的桥梁作用。

　　昨天，我是从中原腹地的一个小村子——二里头来到上海这个国际化大都市的。但如果是三千多年以前，我就是从中国乃至东亚地区最大最繁华的王朝都城来到了一个小渔村。

　　这就是一种穿越。

　　所以，我更愿意把自己比喻为"穿越之旅"的导游，带着大家穿越考古这个象牙塔，从现代穿越到古代，从活人的世界穿越到死人的世界。看看他们当时是怎么个活法，有所借鉴，从而有利于我们更好地活下去，走好自己的路。

用我们考古界一位前辈的话说就是，我们的职业是代死人说活，终极追求是——把死人说活。

我看过在座"一席"讲者的一些视频。考古工作大致归属于人文这一块，与余世存老师、刘仲敬他们属于一拨。但职业性质更像法医秦明，只不过他做今人，我做古人……

大冰说他"赶着音乐放牧"，我想起我二十多年前在山东大学当教师的时候，带学生考古实习，有位学生发出富有诗意的感慨，说我们这是"在田野上放牧青春"。我说那就要看你以怎样的心境看待这种放牧，悲观的还是乐观的，如果是后者，那么放牧后你会有青春的收获。

说到青春，我又想起了作家庄羽的演讲，她三十三岁的时候就开始致她"已逝去的青春"了。我三十六岁接任考古队长，四十岁"遭遇"重大发现；去年到了知天命之年，十五年磨一剑，一套大型的考古报告终于问世，是可以留给历史的。所以，我还在学术的"青春期"。

可以说，青春其实不是一个特定的年龄段，它是一种心态和心境。愿与大家共勉！

2015 年 1 月 16 日于上海东方艺术中心

本文系"一席"年会获奖感言

学者的
家园

2017 年春天，作为北京大学人文社会科学研究院第二期的访问教授，我在美丽的燕园度过了一个学期的美好光阴。

我们把这段时光戏称为"住（驻）院生活"，而大家共同的感受就是：入院时是兴奋的，驻院中是享受的，出院时是不舍的。

兴奋之处在于，大多数人在求学时代都怀有的"北大梦"某种程度上得以实现，而更感到新鲜的是，这个文研院居然很不"中国"。

大家知道，当下的中国学界，最大的问题是我们的课题和项目，使得学者们像高速旋转的陀螺，坐不下来、静不下心来。所以，2017 年春季学期在北大文研院的这四个月，对我来说，是一件极其新鲜而又奢侈的事。

文研院不逼你做这些，这里没有项目课题式的死逼紧催，我们也不是被邀来给学生满堂灌课的，这里更不认"官儿大学问就大"的当下的理。它让你静下来做自己的事，在"涵育学术，激活思想"的宗旨下，文研院给了我们这些访问学者以最大的宽松和谐的研究氛围和活跃激荡的学术讨论平台。

在静园二院这个葱茏雅致的小院、静好而优渥的环境下读书、写作、思考。这就是它的第一个宗旨——"涵育学术"的具体体现。

我们每位邀访学者在这段时间里都有极大的静下心来之后的收获。相比于平时的陷入事务堆，我尽可能地躲进静园二院205室那个属于自己的空间，闹中取静，想问题、写东西。在静园，效率真高。我自己的一部书稿就是在这里最后杀青的。此外，在那段时间里，还有两篇相关的论文也写就发表出来。

按我个人的理解，如果"涵育学术"对应于"静"，那么文研院的第二个宗旨"激活思想"就是让学界"动"起来。

我们的学术越来越碎片化，学者的研究越来越"螺蛳壳里做道场"，是大家共同的隐忧。而受社会思潮的影响，学术界笼罩着表扬与自我表扬的氛围；我们的学术会议往往形式大于内容，而缺少思想的碰撞，缺少真正的学术交锋和学术批评。但在文研院，不乏这个氛围。

在这里完成的文研院访问教授的三项任务，成为我学术生涯的重要节点。

文研院的第一个规定动作是每周一次的邀访学者报告会。在往往陷于庸忙的情况下，能够定期听到其他领域学者的精彩研究，相互讨论切磋，启迪研究思路，这对一个当代学者来说，是太奢侈的事。

作为邀访学者的第二个规定动作，我自己在当年的 6 月份组织了一场文研论坛，邀请北大教授和其他学者，以"对早期中国的叙事与想象"为议题坐而论道，交锋争鸣，尝试扭转学界风气。论坛全程网络直播，学界与公众反响热烈。这一形式真正激活了学术思想，活跃了学术和文化氛围，是一次健康学术讨论的示范，也是向公众普及学术的一次有益的尝试。有学者评价说，这样的平台，只有北大能够搭建起来。

第三个规定动作是作为驻访期间学术汇报的公开讲座。评议人、主持人与讲者间的对谈，以及和听众的讨论交流，通过网络"经典课堂"的传播，也产生了积极的学术与社会影响。

此次"住院"生活的奢侈之处，还包括驻访期间参加文研院内部学术报告会，应接不暇地参与各类自己感兴趣的讲座、论坛、讨论课、雅集等，这些活动堪称"学术大餐"。有幸参与，受益匪浅。

说到这些，大家就能够理解，为什么我们这些邀访学者在"出院"时是那么依依不舍。

最后要提及的是，大家对文研院极富特色的海报一定印象深刻，海报背后那些精彩大气上档次的学术活动在燕园乃至整个学界和社会刮起了一股强劲的学术旋风。文研院问世仅数年的时间就有如此成就，有理由相信它会结下更多的硕果。

作为受惠于这个项目的学者，在她迎来第五个生日之际，请允许我用"出院"时在留言簿上的感言，向她再次致以深深的祝福！

切磋琢磨　涵育学术　在兹文研

交锋对垒　激活思想　唯我二院

　　北京大学人文社会科学研究院，是一个可以称为学者之家的地方，是我珍藏于心的一方净土、一处精神家园。

2021 年 5 月

写于北大文研院五岁生日之际

我与偃师的
不解之缘

尊敬的偃师区各位领导、各位朋友：

　　我因在三门峡参加仰韶文化发现暨中国现代考古学诞生一百周年纪念大会，和第三届中国考古学大会，无法参加这次区文旅大会；非常遗憾，谨致诚挚的歉意。

　　2021 年 9 月 30 日，经偃师区人民代表大会常务委员会审议通过，我被授予偃师区"荣誉市民"称号。对我这名普通的学者来说，荣幸之至，同时又感到受之有愧。我自 1996 年参加偃师商城的考古工作，其后又在 1999 年至 2019 年主持二里头遗址的考古工作，现在仍然参与二里头遗址的考古工作，前后在偃师的时间超过二十五年。我们的团队，仅仅是站在前人的肩膀上，尽力完成了自己的任务，有了一定的收获，就得到如此荣誉，这使我感到深深的不安。我知道，这个厚重的称号，不仅是给我个人的，更是偃师的父老乡亲对我们考古人多年来辛勤付出和收获的肯定。这是我们的无上荣光。

这二十多年的时间里，工作之外的最大收获，就是结交了从领导到村民的众多朋友，我与偃师这块宝地也结下了不解之缘。这是我建功立业的热土，我对她怀着深深的情感，我们把自己的青春、汗水和才智，奉献给了这片土地，我们爱着这片热土，更爱这里善良、勤劳的父老乡亲。

值此金秋季节、盛会召开之际，请允许我向诸位表示由衷的谢意，并请转达我对偃师父老乡亲们的诚挚问候。我们驻偃师各考古队的同仁，也会再接再厉，在希望的田野上持续耕耘，愿意和大家一道，为发掘、保护、弘扬我们共同的文化遗产，继续贡献自己的一份力量。

谢谢大家！

2021 年 10 月 19 日

本文系作者被授予洛阳偃师区"荣誉市民"答谢词

做历史的侦探，
发掘文明的真相

　　各位喜马拉雅的听友们，大家好。 我是考古人许宏，现在是中国社会科学院考古研究所的研究员。

　　1999 年，我正式成为二里头遗址第三任考古队队长，一干就是二十年。 在此之前，我曾参加过洛阳偃师商城的发掘，早年还参加过龙山时代山东丁公遗址的发掘，与同事一起发现了著名的丁公陶文，但最能标志我考古生涯的还是二里头。 二十年间，我和队友在二里头发现了中国最早的宫城、最早的井字形大道、最早的中轴线布局的宫殿建筑群、最早的官营手工业作坊区，可以说是最早的国家高科技产业基地，此外还有超级国宝"绿松石龙形器"等珍品。

　　2019 年，在结束二里头队长工作后，我有机会用另外一种方式圆我年少时的"作家梦"，那就是在书本上继续做公众考古，做最接地气同时又不失准确的考古科普与思辨。 我研究的领域大部分是关于"早期中国"的，比如最早的中国，也就是中国作为一个国家组织，它最早出现在哪里，形成于何时，二里头到底姓"夏"还是姓"商"，等等。 这些问题都是萦绕在中国人心头的大问题，我们想尽力解开这些谜团，这也是中国考古学从诞生之初就怀有的特殊使命。 2021 年是中国考古学诞生一百周年。 一百年前，瑞典学者安特生在河南渑池仰韶村，挖下了中国考古学的第一铲，发现了著名的仰韶遗址与仰韶文化。 仰韶文化的年代上限距今约七千年，是中国早期文明的源头之一，可以说，安特生的这一铲，开启了中国考古学的学科之门，也开启了国人对早期文明的探索之路。

早期城市、早期文明、早期国家在历史文献中难以寻迹，而中国考古学的诞生正弥补了这些渺茫未知的上古遗史。 这种"求证上古史"的诉求，是中国考古学诞生的重要背景，"证经补史"的传统推着我们去发掘那些遗址，追寻传说中的五帝时代，踏墟寻城，寻尧都、访夏都、辨殷墟。 因为有了考古学，才使得国人对这些问题的追问更加深刻。

虽然很多问题至今仍扑朔迷离，但考古学已经让我们获得了许多全新的认知。 众多遗址的发现，让我们看到了在中国这片大地上，区域文明如何交流影响，由"多元"走向"一体"，如何从"满天星斗"进而"月明星稀"，最终走向"皓月凌空"，二里头如何在这种背景下成为"最早的中国"，最早的"广域王权国家"，这片土地又是如何在大约三千七百年前，形成以中原为中心、向四周不断辐射的格局，而这些都是我们在文献中难以发现的历史。

考古学的终极目的，就是通过物质遗存来探究逝去的人类历史的全部。如果没有考古学，我们很难了解，为什么那些曾经辉煌灿烂的文明会在一夜之间灰飞烟灭；如果没有考古学，我们很难明白，为什么青铜技术的发明会彻底改变整个人类社会的面貌；如果没有考古学，我们也不会知道，生活在三千多年前的二里头人，原来和我们现代人一样，喜欢吃烧烤，喜欢喝酒……

对于很多人来说，考古学看起来好像是神秘的、是属于象牙塔里的"无用之学"，但它解决的正是人们的好奇心问题。好奇心是人们与生俱来的天赋，而考古学这门文科中的理工科，就是用来帮助我们回答诸如"我们从哪里来？""中国从哪里来？"这样的终极问题。可以说，如果没有考古学，我们离了解真实的历史，了解自己的祖先，远了不止一步。

作为在田野一线摸爬滚打了四十年的考古老兵，在这门课中，我会从理论和实践两个方面，为大家解答"何为考古""为何考古"以及"如何考古"的问题，包括如何勘探发现遗址，如何使用洛阳铲辨土、识土等考古人的绝活儿，也会为大家梳理全球文明发展的主要脉络；同时也会讲述我们一代代考古人寻找早期城市、寻找"夏王朝"、寻找早期中国的故事，讲述良渚、龙山、陶寺、石峁、二里头、殷墟、三星堆等大遗址的发现与发掘始末。作为亲历者，我还会梳理"夏商周断代工程""中华文明探源工程"这两大项目的方方面面，分享我在二里头的考古经历，还有我所知道的考古学史上那些人和事……

相信通过这门课程，你能站在物质遗存的视角，俯瞰我们所处的全球世界，把握一万年来人类文明的重大节点，掌握人类社会组织形态的演化逻辑，从中获得大历史的视野。

与此同时，通过感受考古学的发现之美与思辨之美，也就是我经常说的发现与推理，你将成为历史迷局中的福尔摩斯，像侦探一样，一层一层地去解码中国文明的基因，追溯它的源流。那些历史上的物质遗存，就是你了解历史的"案发现场"。就算古人留给我们的只有一抹灰的痕迹、一堵城墙的夯土，但通过考古学，我们也能抽丝剥茧，从这些痕迹中推理"想象"出它曾经是一座宫殿、一座城市。

更重要的是，你将学会如何在有一分材料的基础上先说一分话，进而培养严谨的思辨能力甚至想象力，并泰然自若地面对不同的争议和讨论。四十年考古生涯让我深感在考古学面前，我既是一名"老兵"，也始终是一名"新生"，考古学解答了我们许多的历史困惑，但也留下了更多的谜团，待人破解。我想这就是考古学真正的魅力所在，让人能够不断地去发现，去思考，去想象，去推理，在拨开历史迷雾的征程中再进一步。

做历史的侦探，发掘文明的真相，希望大家能一起带着这些问题，在有趣的考古学中，重新发现中国。

2021 年 11 月

本文系喜马拉雅《宏观考古》通识课发刊词

考古百年之际的
一份厚礼

　　大家好，我是《发现与推理》的作者，中国社会科学院考古研究所的研究员许宏。

　　这次被推选为"年度致敬作者"，我既感到荣幸，又感到受之有愧。

　　在小众的考古界，我算是一名资深学者，但就面向公众的历史写作而言，我还是新兵，只不过是在"打开一个新视界"的路上做了一点尝试和努力而已。

　　我知道，这份厚重的致敬，应该是给我们考古人这个群体的，而我只是其中的一员，这是公众和评委对考古人为了唤回我们共同的文化记忆所付出的辛劳和收获的肯定。这是中国考古学诞生一百周年之际考古人收到的又一份厚礼。

就我个人而言，我愿意继续写下去，讲好古代中国的故事，讲好考古的故事，做读者的知心朋友。

感谢诸位！ 感谢深圳读书月！ 它已经颇享盛誉，祝愿它越办越好。

2021 年 11 月 12 日

本文系作者荣获深圳读书月"年度致敬作者"答谢词

历史公共写作
就像翻译

　　说到历史写作的定性，我想就要有个比较。大家一般都会认同，历史写作肯定不同于我们历史研究的学术论文、专著，这一类论文专著大致上不出我们史学研究者的小象牙塔，所以它的读者是非常小众的。历史写作应该是特指那些面向公众的历史读物和作品。

　　历史写作的工作，我觉得就像翻译，而对于翻译作品一个比较高的要求，就是信、达、雅。大家都知道，这是清代末年启蒙思想家严复先生在他的翻译实践中提出来的。说到"信"，应该就是指历史写作必须建立在史料收集、研究阐释的基础上，所以严谨、理性、求真的基本要求应该不必多说，它是历史研究和历史写作的一个共同基础；至于"达"，就是通顺明白，如果夸一位学者文笔好，我想那就是说他把要讲的事讲明白了；"雅"，当然是行文追求雅致生动，不能枯燥艰涩，让人读不进去，望而生畏。但是由于历史写作的非虚构的特性，所以没有必要掺进过多的闲笔或者花絮，要做到不媚俗，因为历史本身已经足够精彩。

历史写作可以看作沟通过去与当下、沟通学界和公众的一个桥梁。这种公众史学的工作，如果做粗略的划分，应该大致是由两种人来完成的：

一种是我们史学研究者小圈子之内，肯于做"两栖动物"的学者，这就要在自己的本职工作以外做语言的转换工作，就相当于把文言文变为白话文。

第二种就是史学研究者小圈子以外，更懂得公众需求的人。我想参与文景历史写作奖的年轻朋友，应该主要是这类人，包括作家、记者，其他领域的学者，以及民间写手和文史爱好者，等等。这一类写作者有其自身的优势，但是也有文献史学和考古学专业训练的坎儿，所以也颇为不易。总之，这两种作者各有千秋，各自都需要取长补短，而后才能殊途同归。

在当下历史阅读热的背景下，文景历史写作奖的设立，当然具有很强的现实意义。我也相信它会对今天和未来的历史写作起到极大的促进作用，会鼓励更多的年轻人拿起笔，参与到对历史的阐释、建构和评说中来，进而丰富和深化我们对历史的认知。

至于对历史写作好作品的评价标准，那就是见仁见智了，不管我们的历史写作者是来自学界还是媒体，还是社会，但我想"信、达、雅"应该是我们的共同追求。

2021 年 10 月

本文系第一届文景历史写作奖评委寄语

辑三

心路

考古队长自述

从田野到作品：考古人收获的十年

《最早的中国》创作之心路历程

T_1

T_2

T_3

探索"中国"诞生与早期发展
——从《何以中国》到《大都无城》

中国考古学长足发展的缩影
——写在《二里头考古六十年》出版之际

踏墟寻城三十载
——写在《踏墟寻城》出版之际

T4

T5

T6

考古队长
自述

Ti

我叫许宏，还有一个别称是"@考古人许宏"。我是二里头考古队的队长。

我是 1999 年当这个队长的。那一年之前，从本科、硕士、博士直至大学讲师，我学考古、干考古总共将近二十年了。而当时的二里头遗址已经发掘了有四十年。我是第三任队长，属于第三代领导集体。

说到我们考古队，大概有十个人。首先是我和手下的两个兵，被叫作研究人员，现在还被称为"干部"，因为我们是从北京来的，吃皇粮的。这三个人下面还有六七个技师。他们不是研究历史的，更注重基础层面的工作，有一些人水平很高，甚至说身怀绝技，许多活儿比如钻探发掘、辨土认土，都由他们来完成。

我们的出土物大部分是破碎的。比如说陶片，技师们负责找陶片，合并同类项，把它们粘在一起，然后逐步进行复原。大量的复原器都是他们一点一点修出来的，以便用于考古研究。除此之外，比如绘图、摄影、写记录，也是他们的工作。这是我们考古队的第二梯队。

还有第三梯队，就是民工。一旦开始发掘，我们会从当地的村里雇用村民，作为体力劳动者。当时的农村还比较有活力，年轻人大都在村里，可以聘到壮劳力，甚至还有一些辍学的小姑娘。如此一来，我们的大学生跟小女民工就可能会发生恋情。你想啊，比较偏僻村庄的年轻人，憧憬和向往着外面的世界，突然间来了一帮大学生，整天在这个很小的探方里面工作，又正值青春年华，难免擦出点火花的。所以圈子里流传着一个故事：一个考古专业的毕业生写了本小说，名叫《油菜花，黄了》，是说每当油菜花黄了的时候，考古队开拔，恋情也就结束了。

早些年的故事听起来总让人唏嘘感叹，现在却没有这个担忧了。请大家看看我们三个梯队的合影，这是考古队现在的一张全家福，聘的民工都是大婶、大妈加大爷，要发生点什么也就不可能了，所以尽可放心。

要说到我们的工作呢，考古人做田野讲究三把刷子：一调查，二钻探，三发掘。我们的调查是"地毯式的、全覆盖式的踏查"，大家排成一排，隔上一段站一个人，每个人手持一部对讲机，拎着一个编织袋，随时把陶片、石器之类的往袋子里放。

　　一遇到断崖剖面我们会非常兴奋，原本说考古人就是破译无字地书的，我们也能从剖面上搞清地下的信息。这样一来会给人一种感觉：形迹可疑。经常有老乡见了就问，你们到底是干吗的？神秘兮兮的。时间一长，队员们干脆编了顺口溜自我调侃："远看像逃难的，近看像要饭的，仔细一问是社科院的，原来是文物调查勘探的。"

　　我们最拿手的绝活儿叫辨土、认土。比如说墓葬里的土是五花土，一旦打出这种土，就能判断这是个墓；宫殿建筑或者城墙的土是夯土，因为当时夯过，非常结实；广场或路面上踩踏过像千层饼那样的土叫路土；像垃圾坑里的土，还有草木灰，实际上古人粪便也都在里面，不过现在早已干化了。基本上在一个地方干过一段时间后，一看就能辨识它是什么土，以及什么时候的土，是商代的土，还是汉代的土。大家都知道郭沫若先生是大学问家，也有人说他是考古学家。但在考古圈却不认他是考古学家，只认他是历史学家。因为他不认土，不知道钻探发掘。

　　我们最得心应手的一个利器是洛阳铲。这把铲子是钻探用的，用上好的钢打制而成。这个半圆形的铲头是洛阳盗墓贼发明的，现在却为考古人所用。说一句不谦虚的话，到目前为止，全球范围内任何高精尖的钻探仪器设备通通没法替代它。从这个意义上讲，洛阳铲实在是一项极有中国特色的发明。

　　这个铲头是钢的，套上木杆长度可达两米，一般情况下够用了。若再加上竹竿，最多可到四五米。如果四五米还没打到底的话，再在竿上拴绳，利用自由落体原理，可以往下打十几米。熟练的工人往下一扔，"啪"一家伙，拿绳一揽，就能带上土来。 如是五花土，就应是墓葬，那就挖——盗墓贼就是这么干的。 现在我们仍用这样的技术来破译无字地书。

说起中国的考古发现，很多是无心插柳柳成荫，大部分是由农民和施工队发现的，最著名的例子就是秦始皇陵兵马俑。但也有例外，比如说我所在的二里头遗址，它就是前辈老先生为了寻找夏王朝的文化，在梳理古典文献的记载中，凭借线索摸到了豫西晋南这一带，还真就找到了这么大的遗址。

在这个遗址上，出土了无数可以被称为"超级国宝"或"中国之最"的东西。

我给大家讲一个故事。

2002年春天，我们在宫殿区发掘，一个年轻队友跑过来悄悄跟我说：许老师，出铜器了。 我一听赶紧跑过去，是一个刚露头的铜铃。 我意识到这应该是一座贵族的墓葬，墓里除了铜器之外，后来还发掘出玉器、绿松石器、漆器、海贝项链等一百多件器物。 虽然露出这么一点来，但民工们已经知道这事。于是我当即决定抓紧时间清理，而且从现在直到清理完毕，需要全天候地盯守，防止被盗。 当时考古队还是兵强马壮，我手下有三个队友、四个技师、九个本硕实习生，大家轮班盯防。我们还把考古队的大屁股吉普车的车灯打开，隔一会儿就冲着那个黑魆魆的墓穴照一照，严防死守；又从邻村借来一条大狼狗，以壮我们的声势。 这样，上半夜还挺浪漫的，男生说说笑笑数着星星，空气中飘荡着晚春时节的麦香。 但到了下半夜就比较难受了，4月份的时候还有温差，得穿大衣。 然而大家仍然斗志昂扬，戏称我们在给二里头贵族"守夜"。

清理工作越往下，就会发现越多的绿松石片。 我们当时也没感到太多意外，二里头很早就出过嵌绿松石铜牌饰这样的东西。 但这个墓比较特殊，整个绿松石片范围达到七十厘米，从这个墓主人的肩部一直到胯部。

一般的铜牌饰长度只有十五至二十厘米，在墓主人的腰部或胸部。 但这件没有铜托，绿松石片原来是粘嵌在有机质（木头或皮革）上的，待有机质腐烂之后只剩下这些片了。 这样一来不要说用竹签剔这些碎片，就是用嘴一吹都有可能使它移位。 如果扰动太多，恐怕这个东西就保不住了。

考古学本来可以说是研究物的，但是我们更强调考古学与其说是研究物的，不如说是研究物背后的 context，也就是它的背景关系。 比如第一次参加考古的学生，见到这些小绿松石片，他若见一片抠一片，把两千多片绿松石片抠回来，以为文物一件都不少，可他却忽略了"context"，也就是用绿松石片镶嵌的那个东西。 这就是考古和文物收藏最大的差别。

因此，我意识到这种清理方式不可行，清得越细越不利于文物保护和以后的复原。 况且多日连续熬夜守护，队员们也都非常疲惫。 加上文物在工地上多待一天，就会增加一分危险，所以我紧急跟在北京的我们社科院考古所科技中心联系，技师建议整体起取，放回室内清理。

费了九牛二虎之力把这件宝贝套箱，"请"回了驻地，又运到北京，仔细清理后，它的真面目才显露出来。 我们以前做过种种想象，待它完全清理出来之后才觉得，以往的一切想象都黯然失色。 它居然是一条大龙！ 保存得那样好，你站在正上方俯视它，它的身子和尾巴好像在游动；你若是逼近它，它那双白玉镶嵌的大眼睛好像也在瞪着你，催你读出它的身份来。

我们的专家管它叫"超级国宝"，确实如此。

大家总是会问：许老师，你当队长这段时间有这么多收获，最令你激动的发现是什么？ 一般记者朋友都会替我回答，应该就是那个绿松石龙，因为它太有名了。 但我说还不是，我最得意的是中国最早的城市主干道网和中国最早的宫城（也就是当时的"紫禁城"），这是在我手里发现了。

因为我个人是做城市考古的，在考古界，我自称是做"不动产"的。 宫城城墙啊、道路啊、宫殿建筑、四合院、紫禁城这些东西是我的强项，所以说搞清不动产的布局，是我最大的梦想。

我先翻前辈留下的纸质发黄的工作记录，寻找蛛丝马迹。先生们在 1976 年已经探出现在宫城东面有条大道，二百米长，以后就没下文了。 我非常兴奋，意识到这个道路非常关键，很有可能就是解开二里头宫殿区布局的一把钥匙，决定继续追探。

在这个过程中，有一天一个村民跟我说，许队长我家地里的小麦长得不好，你看看是怎么回事。 哎呦，我这心里一喜，因为大家都知道，小麦长得不好很有可能是由于地下有比较坚硬的东西，渗水不畅，导致土壤结构异常。 而在考古遗迹里面，最有可能的就是宫殿建筑或者城墙。 因为它是用夯具夯的，比较坚硬，有时候在航片上都能看出城墙的走向来。 我当时非常兴奋，觉得很有可能是夯土建筑或城墙，结果让技工一钻探，那是条路，就是现在宫城北边这条东西向的路。 这也让我们兴奋不已。 大家知道路是踩踏之后像千层饼似的，也不容易渗水。 这是一个很好的线索，我们就顺藤摸瓜往东探，结果跟前辈探出来的那条大道垂直交接上了。

　　就这样，中国最早的大十字路口发现了。而后我们接着追探那条南北向的大道，一下子探出了七百米，路宽十多米，一些地方达到二十米。我们队友开玩笑说，这已经达到了现代道路四车道的标准。它是具有王气的，只有王都才有这么宽的道路，就像只有北京才有长安街一样。

　　在很短的时间内，我们乘胜追击，把这个井字形的大道搞清楚了。而它围起来的空间，就是中国最早的"紫禁城"所在。

　　说起来，中国最早的宫城的发现也很有意思。我有一本小书叫《最早的中国》，那里面有一节叫作《"想"出来的宫城》。著名考古学家苏秉琦教授说过一段话：在考古工作中，你只有想到什么你才能挖到什么。当时做学生的我还不理解，但在以后的工作实践中，我深感这句话的分量很重。我接手二里头时已经挖了四十年，我的前辈们一直想找城墙却没有找到，有朋友说许宏太幸运了，实际上我是有一整套思考的。我在做博士论文时，梳理过中国早期城市发展过程，意识到在早期城市里，外围大的城圈是可有可无的。二里头到现在为止，还没有发现一个大的城圈。它的有无完全取决于当时的防御需要，跟政治、军事形势有很大关系。但我坚信作为统治中心、王室重地的宫殿区，不应该是开放的，因为政治性决策本身就有封闭性和独占性。

　　凭着这样的信念，我推想二里头宫殿区应该也有防御设施。我顺着这个思路，按照胡适先生"大胆假设小心求证"的方法去探索。前辈们已经发现的大道，西边是2号宫殿，宫殿

107

的东墙外是大路，再之外就不是宫殿区了，只有一些小房子。大路与2号宫殿的东墙，应该就是宫殿区的东缘，这是可以肯定的，它们之间不可能再有城墙或者壕沟。 因此，如果有宫城城墙的话，2号宫殿的东墙应该是利用宫城东墙建的，和它们应该是一条线。

那么，我就安排把2号宫殿的东北面揭开，果然2号宫殿的东墙继续向北去。 我们又把2号宫殿的东南角揭开，进一步扩大面积，它又往南去了。 于是到了2003年5月下旬，我记得非常清楚，这条墙已经确认了三百多米。 后来我们又找到了宫城东北角。 就这样，在我四十岁生日的前夕，中国最早的宫城也就是"紫禁城"的发现，是我收到的最厚重的礼物。

到了第二年，我们又乘胜追击，把四面墙都找到了，确认中国最早的宫城超过十万平方米。 它建于距今三千七百年左右，别看它的面积只有现在明清紫禁城的七分之一，但它是以后所有中国古代宫城的鼻祖。

我们说了半天绿松石龙和宫城城墙，这些都是统治者用的，他们处于社会结构的金字塔塔尖，所以很重要。 但实际上考古人也关心普通百姓的生活起居，一些生活细节，比如他们吃什么、用什么、扔什么。 从某种意义上来说，考古学就是一门关于垃圾的学问。 我们的发掘对象往往都是废墟和垃圾堆，但是我们能从其中探出许多宝物来。

比如把垃圾坑里的土和地层里面的土，通过浮选的方式使粮食颗粒浮上来。 我们从中知道，二里头时代已经五谷齐备了。

到明年，二里头遗址的发现与发掘就是第五十五个年头了，也是我作为二里头工作队队长的第十五个年头。 二里头都邑总共三百万平方米，我们这几代人却只发掘了四万多平方米，也就是百分之一多一点，绝对的冰山一角，然而却已经有许多重要发现了。 考古工作就跟愚公移山一样，这么一个都邑遗址是需要几代人、十几代人，甚至更多代的考古人踏踏实实、一步一个脚印做出来的。 考古人就是凭着这个劲儿，用我太太的话来说，这考古人都是一根筋，一生只干一件事。 但一定要有这样的劲儿，才能把这件事做好。

几年之前，我在《最早的中国》一书中介绍了关于二里头的中国之最，它在中国文明史上开创新纪元的历史地位。 但我更想说的是，与其说几代人的探索解决了什么问题，不如说提出了更多新的问题，它引导我们进一步探索，最大限度地迫近历史真实。

我们说考古学是研究人的学问，人之前的不归考古管。 但光是人的历史至少就有二三百万年了。 如果把这三百万年假设为 24 小时的话，那么到半夜 11 点 57 分之后，才进入有文字的历史。 而中国的文字出现得更晚，还不到两分钟。 这之外的漫长人类发展史，要想搞清它的过程，复原它的轨迹，回答诸如"我们是谁、我们是怎么来"的这类问题，只能依靠考古学了——这也是"老王卖瓜，自卖自夸"。

想起著名小说家张承志先生的一段话，他也是我们考古专业毕业的。 他说，"仿佛这个满身泥土的学科有一句严厉的门规：或者当个特殊技术工人告终，或者攀缘为思想家。"在这条路上，探索没有止境，我们还在前行。 我们企图透物见人，透过那些冷冰冰的遗物，窥探它背后的古人，探知他们的行为甚至思想。 也正因此，我们坚信还会有更多精彩的故事可以拿出来跟大家分享。

2013 年 12 月 8 日于上海当代艺术博物馆

本文系"一席"演讲

从田野到作品：
考古人收获的十年

　　高考分数不低的湖南女孩钟芳蓉，选择报考北京大学考古专业，一时间引来热议甚至喧嚣。　有媒体希望访谈，都被我谢绝了。　考古学这样一个接近冷门的专业被炒得过热，是件不正常的事。　现在稍稍降温，倒是可以谈谈个人的冷思考。

　　我 1980 年参加高考，是被"分配"到考古专业的。　作为当时万千文学青年中的一枚，在对这个行当一无所知的情况下，当然没有专业感情可言，倒是刚入学就一门心思地想转专业。　但在那个处处"计划"的年代，一个萝卜一个坑，跳槽到其他系是不可能的。　无奈之下跟着走，培养间接兴趣。　大三的田野考古实习，对许多考古专业的同学来说是个分水岭。　要么彻底干伤了失望了选择离开，要么死心塌地地成了铁杆考古人。 本人就是后者中的一员。

后来我留校当教师，先做了四年辅导员。 那时对学生转专业的政策稍有松动，我对那些要走的同学已决意不再做专业教育上的思想工作了，反而是尽己所能，放走了好几位。 那时已感悟到"强扭的瓜不甜"，兴趣是最好的老师。

所以，站在当下的时点，从一个考古老兵的视角出发，我绝对不会向钟芳蓉们包装推销自己的专业，甚至要先泼点冷水，告诉他们实情，让他们自己去体悟和选择。 现在已开始有业内的同行担心人家小姑娘过段时间不想干了咋办，我们的过分热情会给她巨大的压力。 这时我倒是想对小钟同学说句话：对于人生抉择，要跟着感觉走，跟着心灵走。 要么走下去，要么早转向，听从自己的心灵，就不会后悔。 至于他人如何看自己，并不重要。

《天涯》的约稿，本来是要谈新世纪这第二个十年的，开篇居然扯到四十年前去了，有点跑题，赶紧收回。 想想也不算跑得太偏，说不定一个资深考古人的十年叙事，还能让钟同学等考古新生代，看到自己所选专业虽艰辛但又颇有收获颇富乐趣的一面。

值得欣慰的是，作为考古人的这十年，是我田野耕耘后进入收获季节的十年。

位于中原腹地的河南偃师二里头遗址是 1959 年发现并开始发掘的，1999 年遗址发现四十年之际，我接任队长。 到 2014年，作为第三任队长，我已主持考古工作十五年。 当年，由我领衔主编、浓缩一系列重要发现的大型考古报告《二里头（1999~2006）》五卷本(文物出版社，2014 年)正式面世。 我们的团队发掘了七年多，又整理编写了八年多，可称"十五年磨一剑"。 这套报告是迄今为止中国遗址类考古报告中体量最大的一部。 定价二千元，印数一千多套，就足以满足海内外学者的需求，不必重印了。 不少朋友看了会感慨，典型的"阳春白雪"。 在《编后记》中，我们罗列了参加资料整理和编写工作的海内外各学科的学者，总数达六十二人，这套报告是多单位、多学科学者通力合作的产物。 我近年最愿说的一句话则是"只懂考古已经搞不好考古了"，信息爆炸、学术碎片化，导致单打独斗的时代成为过去，我们迎来了一个合作的时代和相互学习的时代，考古领队必须是总策划人、总协调人，这让我学到了很多。 二里头遗址是公认的迄今为止中国考古学学科范畴内科技考古各"兵种"介入最多的一个遗址，《二里头（1999～2006）》则是迄今为止我国参与编写的作者人数最多的一本考古报告。 这部大型田野考古报告集，也成为整个中国考古学学科发展与转型的一个缩影。

考古就是一项必须靠团队才能完成的事业。 到了 2019 年，二里头遗址发现与发掘六十周年之际，我又邀请中国科技考古的领军人物袁靖教授联合主编了集成性著作《二里头考古六十年》（中国社会科学出版社，2019 年）。 与此大体同时，我们二里头考古队与中澳美伊洛河流域联合考古队共同编著的四大本《洛阳盆地中东部先秦时期遗址：1997～2007 年区域系统调查报告》（科学出版社，2019 年）也付梓面世。 主持二里头都邑一个"点"的发掘，以及洛阳盆地中东部区域一个"面"的系统调查，点、面结合，我作为资深考古人的田野考古生涯也就算圆满了。

2017 年，我花了将近三年时间写就的专著《先秦城邑考古》（金城出版社、西苑出版社，2017 年）正式出版。 我自己把这部著作，看作 1990 年代完成的博士学位论文《先秦城市考古学研究》的升级版。 作为过了学术爬坡期、已入知天命之年的学者，可以平心静气地每天钻图书室，收集整理着附表和文献存目这些看似与理论方法、宏大叙事无关的简单资料，我的心境是平和的、有成就感的。 当我在王府井大街考古研究所图书室扫荡式地扫描书中用图时，二十多年前做博士学位论文时用硫酸纸、绘图笔一一清绘这些图的场景历历在目，感慨万千。 变化的是时光、记录范围和记录手段等，不变的是初心和执着。

如果说大部头的考古报告是田野考古的成果，上述个人专著则是"沙发考古"式的综合研究。 如果把它们归类为学者的"主业"的话，那么这十年间"第二条战线"的成果，是奉献给公众的作品，这是我们钻出象牙塔，回馈社会的有效途径。

我的第二本面向公众的小书《何以中国——公元前 2000 年的中原图景》（生活·读书·新知三联书店，2014 年、2016 年）出了两个版本。 有朋友说《何以中国》就是你第一本小书《最早的中国》的续集吧。 从某种意义上，《何以中国》就是对最早的中国如何产生的追问。 如果说《最早的中国》写的是二里头王都这一个"点"，那么《何以中国》则是展开了一个扇面，试图讲述二里头这个最早的中国的由来。

说起来，《何以中国》就是五十六篇学术博客文章的衍生产品，且如按照最初的预想，它就是个"半拉子工程"。 但就是这样一本攒起来的小书，居然成为我写的科普读物中最受欢迎的一本。 自媒体、大众学术读物和纯学术成果的交融互动，成就了这本小书。 而读者的认可鼓励，是我继续为大家写类似小书的最大动力。

与《何以中国》新版同时出版的，还有我的第三本小书《大都无城——中国古都的动态解读》（生活·读书·新知三联书店，2016年）。 这是一次国际学术讲座的内容，在同仁的肯定鼓励和相互切磋下，引出了一篇学术论文，最后才有了这本可以归类为大众学术的小书。 说起来，这本小书还是有相当专业性的。 但让我感到意外的是，它居然入选了华文好书2016年度评委会特别奖。 被称为学者型书人、中国当代图书市场的民间观察者刘苏里撰写的推荐理由是："这是一部看似小型，但以其'大都无城（墙）'观点必将载入史册的大书。 这一颠覆原有'无城不郭'共识的结论，既由爬梳前人零星叙述而概其成，亦是作者二十年研究专业、审慎之总结。 联系《何以中国》等作品，'中原'政制于两千年前发生重大转型结论，亦呼之欲出，是中国考古学界重大研究进展。 以'小书'面世，嘉惠学林，功德无量。"在我来看，这一来自体制外读书界的评价，并不亚于官方奖项的分量。

2020年年初，突如其来的疫情使得陷于庸忙的人们得以安静下来，我也借机完成了《最早的中国》新版的修订和新著《东亚青铜潮——前甲骨文时代的千年变局》（生活·读书·新知三联书店，2021年）的最后收尾工作。 至此，我的"解读早期中国"系列作品（一套四册）可以较完整地呈献在公众面前了。

如果说《最早的中国》《何以中国》是从"微观"上升到"中观"的范畴，那么《大都无城》则以二里头为起点，在对"中国古都的动态解读"中，纵览整个华夏古代文明的流变了。 而《东亚青铜潮》，则已不限于中国文明的腹心地区，而是对整个东亚大陆"前甲骨文时代的千年变局"做了鸟瞰式的扫描。 这后二书，可谓"宏观"和"大宏观"的视角。 如果说《大都无城》是关于"不动产"的盘点，那么本书就是关于新石器时代末期到青铜时代初期最重要的高科技"动产"——青铜器的梳理与整合。

就这样，一个考古人及其团队二十年的田野作业，在最后的十年间结下了这几枚或大或小的果实，它们真实地记录了我在新世纪的第二个十年的人生轨迹。

2019 年，是本人的总结之年和转型之年。 执掌二里头遗址考古工作二十年，《二里头考古六十年》一书编辑完成并出版，"纪念二里头遗址发现六十周年国际学术研讨会"圆满闭幕，二里头遗址博物馆和考古遗址公园开馆开园，有一种如释重负的感觉。 这可以看作对自己田野考古生涯的一个交代，也是本人从田野考古人转身为沙发考古学家甚至作家的一个分水岭。 随之而来的疫情，几乎改变了整个世界，疫情下见证历史的特殊经历，让我们有了更多的思考。 当越来越强烈的社会责任感被唤起，我想今后自己的作品，应该基本上是面向文化人的小书了。 非虚构写作，我愿意这么一本一本地写下去，只要大家喜欢读。 天涯路远，愿与读者诸君共勉。

话题再回到由钟芳蓉同学的志愿掀起的一个短暂的考古学科"走红"媒体的热潮。 要知道，我们这个年轻的学科在百年前，可是面临民族现实的和认同上的危机，以企图解答"我是谁？ 中国是怎么来的？"这样的大问题而作为显学问世的。它当然无法像其他社会科学的兄弟学科那样，来时时回答社会关切的现实问题，但它以一贯沉稳扎实的气质，低调地在做着构筑人类精神文明家园的工作，满足着我们与生俱来的好奇心，在通过对长时段大历史的揭示安顿我们的身心，通过"无用之用"使我们成为有教养的人。 政治是短期的，经济是中长期的，而文化是超长期甚至是永恒的。 以兴趣、恒心做着能跟永恒搭边的事，不也是很"高大上"的吗？

这就是我作为一个考古老兵，要给我们这个行当做的"正能量"广告语，致小钟同学等年轻同仁，致热爱我们的古代文化的所有同好。

2020 年 11 月

原刊于《天涯》2020 年第 6 期

《最早的中国》创作之心路历程

即将面世的这本小书，是被科学出版社文物考古分社闫向东社长在 2006 年初冬，用一份午餐盒饭及此后的不断激励"哄"出来和"逼"出来的。 但沉浸在思考和写作的兴奋与快乐之际，乃至书稿终于杀青的现在，我是怀着一份深深的幸运与感激之情的。 没有这样的契机，这些耕耘思考的灵感和收获就很难被梳理出来与大家分享。

我与闫社长的一个共识是，这本书首先应该是一部学术著作。 说它是学术著作，因为它是学者秉持"有一说一"的学术原则写就的。 但它又是一部不同于一般学术著作概念的著作，是一部面向文化大众而非仅为学界的学术著作。 我们的初衷是希望它能让公众，尤其是文化人愿意看，读得进去，读得不累，甚至读得畅快。

中国现代考古学在诞生伊始，本来就是因应大众尤其是知识阶层的需求而出现的。它要解答的，都是国人乃至国际学界想要了解的一些大的本源问题，譬如中国人是怎么来的，作为全球文明一个重要组成部分的中国文明是如何起源的，中国古代文明的特质是什么，等等。近百年来，考古学界付出了艰辛的努力，为了解决这些大问题，必须从田野实践的精微处做起。整个学界花费了几代人的精力，建构起了对中国史前文化至早期文明的框架性认识。由于专业的特点，譬如田野操作的复杂性，研究对象的复杂性，追求作为现代学问的科学性等原因，考古学必须建立起一套自身的话语系统，来解读这部无字天书。随着大量材料的爆炸式涌现，研究的逐步深入和学科分支的逐步细化，使得有相当长的一段时间，考古学渐渐给人以与世隔绝的感觉，甚至与这个学科关系最为密切的文献史学家也常抱怨读不懂考古报告，解读无字天书的人又造出了新的天书。经过几十年来学术成果的不断累积，学科的不断成熟，考古学已开始尝试解答一些大众关心的问题，考古学的成果已开始贡献于人文社会科学的一般法则。考古学者也开始抱有更多的自信，社会责任感在增强，开始有走出象牙塔，把自己的成果回馈于社会的"自觉"。

作为考古界的普通一员，我个人思想观念的转变大概就从一个侧面反映了整个学科的这种转变。

如果从中国考古学学科发展史看，在20世纪八九十年代之交，学科的主要着眼点逐渐从建构分期与谱系框架的所谓文化史的研究，移向以社会考古为主的研究。这是一个学科走向成熟的标志。 几乎与此同时，中国大陆的考古学者也开始了将文物考古研究成果转化为公共产品的尝试——在此之前，李济的《安阳》(初版于1977年)让世界了解了殷墟，据说张光直最喜欢的自己的著作是普及性的小册子《美术、神话与祭祀》(初版于1983年)——例如20世纪90年代王仁湘先生主编、由考古学者分头执笔的《华夏文明探秘丛书》(四川教育出版社,1996~1998年)，就曾获第十一届中国图书奖，并入选20世纪最佳文博图书，引起了很大的社会反响。 但这些努力与业绩似乎没有对我这个自认为偏于保守的学者产生太大的影响。 记得1996年《读书》杂志曾特约数位人文学科的知名学者来讨论考古学与公众的问题，几位学者直陈对考古学话语系统的疑惑、慨叹和望而生畏。 其中我的同事陈星灿的文题是《公众需要什么样的考古学》，读了之后尽管颇以为是，但当时的想法仍然是：公众需要什么样的考古学，并不是所有的考古学者需要思考的问题。 一方面不满于充斥坊间的考古大发现类的"攒书"，一方面又不肯或舍不得拿出时间和精力参与到公众考古的行列中来，这基本上道出了包括我在内的考古界相当一部分同仁的心态。

因此，当2006年闫向东社长做我的"思想工作"，希望我能考虑写一本向文化大众解读二里头的小书时，我的第一反应就是婉言谢绝，当即答曰学者的安身立命之本是考古报告，而我正在编纂二里头的考古报告。 当越来越强烈的社会责任感被激发起来时，当我以此为契机开始全面梳理前辈和我们这个团队的探索历程，开始从比较文明史的宏阔视角来看二里头乃至它所代表的"最早的中国"，开始试图发掘一件件文物背后蕴含的丰富的历史信息时，我已经不把这本书的写作看作是学者的一项副业，它已经成为我治学的一个重要的组成部分。它逼着我又读了许多书，搞清了不少问题，同时又提出了许多新的问题，这些问题将成为我进一步从事相关研究的学术增长点。这种感觉王仁湘老师曾告诉过我，现在我自己体会到了。可以说，这本书的写作过程充满了不安，但同时也充满了收获与思考的快慰。

本书的成稿，可以看作考古人努力面向公众的一个青涩的果实。说其青涩，绝非谦辞。对于学者来说，写一部学术专著并非难事，但写这样一部不同于以往概念的学术著作，所面临的挑战则是可想而知的。在被闫社长调动起积极性的"兴奋"之后，是一种忐忑，及至书稿杀青的现在，又有一种释然的感觉，不管读者对它的评价如何，毕竟作为考古人，"自觉"地走出了这一步，就我个人而言，这本小书的写作也因挑战自我而可以看作学术生涯中的一座里程碑。我也愿意沿着这个方向继续前行，用自己的所学所思所获回报社会。

一直有朋友和学生说我对自己所挚爱的考古事业，尤其是二里头遗址富于激情。也许正是由于这种潜在的激情，才使我最终被闫社长说动，产生完成这本书的冲动。历史学家吴晗认为，把历史变成人人都能享受并从中得到鼓舞的东西，史家才算尽了责任。这种提法似乎偏于"致用"的考虑，但细想起来，任何对历史的阐述都包含了当代社会的需求。这本小书，也不过是我作为二里头遗址的发掘主持人，对二里头遗址的一种解读而已。换句话说，它展现的仅是我眼中的二里头，一个使我兴奋的"中国"的存在。毋庸讳言的是，作为作者，我当然也希望读者在看了关于她的故事之后，也为二里头这个中国乃至全球文明的硕果而兴奋。 我自己给这本小书的定位是：以二里头为切入点，实说、精说和深说"中国"诞生史。 但是否做到，就要读者来评判了。 至少，这本小书中包含了笔者对中国文明形成与早期发展历程的再认识，读者诸君从中可以了解作为中国人不可不知的"中国"的由来。

从下列的各章题目中，大家或可对这本小书的内容先有个大致的了解：

围绕这些大的专题会讲到属于"动产"或"不动产"的文

化遗产及其背后的诸多故事，以及尽全力探索它们的史学家和考古学家的故事。 最后提出试图解答但仍无法圆满解答的问题：何以"中国"？ 可以引发读者诸君的进一步思考。

　　编纂中还下了功夫的是配图制表。 这本纯文字不足十万字的小书，插进了近三百幅图、表和图版，上下数千年，纵横几万里，几乎是讲到哪儿，图和照片就跟到哪儿。 几张能够给读者以总体印象的时空框架表因需而设，是自己根据最新的研究成果制成的，颇费了些心血，希望有裨于大家对相关问题的理解。

　　为文之道，有如烹饪。 原料乃至半成品，大部出自他人之手，最显厨师个人特色之处，在于搭配。 本书就是采撷众多学者专家研究成果的结晶，当然配料方案，即从这样的视角以这样的方式成文，是笔者要文责自负的。 这里仅对有惠于此书的学界师友致以诚挚的敬意与谢意。

　　如果这本小书能为方兴未艾的公众考古的百花园稍增秀色，笔者也就感到宽慰了。

原刊于《中国文物报》2009 年 8 月 7 日

探索"中国"诞生与早期发展

——

从《何以中国》
到
《大都无城》

　　近年，我有三部从考古学角度解读早期中国的小书面世，分别是《最早的中国》《何以中国——公元前 2000 年的中原图景》和《大都无城——中国古都的动态解读》。三本小书，大体勾勒出我对早期中国形成与初步发展的认知框架。

　　尽管这三本书走出了考古人的小圈子，得到公众的喜爱，但在我看来，它们都是学术著作。说是学术著作，因为它们是学者秉持"有一说一"的学术原则写就的，但它们又是面向普通大众而非仅为学界的学术著作。我的初衷是希望它能让公众愿意读，读得进去，甚至读得畅快。

　　我给三本小书的定位是：实说、精说和深说"中国"诞生与早期发展史。围绕一个个专题讲属于"动产"或"不动产"

的文化遗产及其背后的诸多故事，以及尽全力探索考古学家和史学家的故事。

《最早的中国》讲述了中国最早的广域王权国家——二里头的诞生，对这个当时在东亚大陆上具有唯一性和排他性的王朝进行了解读。从某种意义上说，《何以中国》是对最早的中国如何产生的追问。如果说《最早的中国》写的是中国最早的王朝都城——二里头王都这一个"点"，那么《何以中国》则展开了一个扇面，试图通过对公元前2000年发生的一系列事件的梳理，辐辏到二里头这个最早中国的由来上面。

说到《何以中国》的问世，背后有一段故事。2010年，那是我的自媒体——新浪博客"考古人许宏"开通的第二年。当年11月，我在博客上推出了一个新话题——中原一千年之前言：史上空前大提速。"中原一千年"，这是《最早的中国》出版后，一直萦绕于心的解读早期中国的一个绝好视角。我的一个企图是写史，用不那么正统和不那么凝重的笔触、用考古人特有的视角和表达方式来写部小史。半年后，五十六篇博文诞生，从陶寺一气写到了二里头。至此，"中原一千年"的穿越之旅已过半。而这五十六篇博文被三联书店的编辑看中，成为《何以中国》的雏形。因"中原一千年"之旅没走完，全书围绕着公元前2000年这个颇具兴味的时间点展开，以"最早的中国"——二里头广域王权国家的登场为收束，要将这个"半成品"变成一本独立的著作，就得有一个合适的书名。最后，确定为《何以中国》。从某种意义上说，它既反映了最早的"中国"诞生的过程，也反映了本书对最早的中国如何诞生的探索。

较之《何以中国》，《大都无城》的视域扩展到了整个中国古代，切入点则是历代都城的规划模式。"大都无城"的概念，萌生于二十年前我撰写博士学位论文时的观察与思考。长期以来，把"城垣"看作纵贯中国古代都邑之始终的标志物和必要条件的观点，影响甚大。时至今日，我力图把对每处都邑的动态解读，引向对整个中国古代都城发展史的动态解读，尤其要指出，在最早的中国二里头到曹魏邺城之前近二千年时间里，存在一个都城无外城的时代，而这与强盛的国势及军事、外交优势，以及作为"移民城市"的居民成分复杂化、对都城所处自然条件的充分利用等，都有一定联系。

作为考古界的普通一员，当越来越强烈的社会责任感被激发起来时，当我全面梳理考古学人的探索历程，从比较文明史的宏阔视角来看二里头乃至它所代表的"最早的中国"，并试图发掘一座座城址、一件件文物背后蕴藏的丰富的历史信息时，我已经不把这些书的写作看作是学者的一项副业，它已经成为我治学的重要组成部分。

原刊于《光明日报》2016 年 6 月 14 日

中国考古学长足发展的缩影

——

写在
《二里头考古六十年》
出版之际

　　二里头遗址是东亚地区青铜时代最早的大型都邑遗址，以其为典型遗址的二里头文化则是东亚地区最早的"核心文化"。 1959 年，著名古史学家徐旭生先生率队发现该遗址，当年秋季，田野考古工作正式启动。 今年，是二里头遗址发现与发掘六十周年。

　　二里头考古六十年，倏忽之间一甲子。 六十年间，几代考古人的辛勤努力，揭示出了二里头都邑与二里头文化辉煌与绵厚的过去。 二里头见证了中国考古学的发展历程，二里头考古则是中国考古学长足发展的一个缩影。

　　二里头遗址田野考古工作的前四十年（1959~1998），学界前辈由大量遗物资料的积累建立起了以陶器为中心的可靠的文化分期框架，二里头文化一至四期的演变序列得到普遍认可；通过对较大范围内具有相似内涵遗址的发现和部分遗址的发掘，逐步廓清了二里头文化的相对年代、分布范围、地方类型与文化源流等问题。这些是二里头遗址及二里头文化研究的基础工作。至于大型宫室建筑、铸铜作坊和贵族墓葬等高等级遗存的发现和揭露，则无疑确立了二里头遗址作为早期大型都邑及以其为代表的二里头文化在中国早期国家、文明形成研究中的重要历史地位。

自 1999 年秋季开始，二里头遗址新一轮的田野考古工作在理念与重心上都发生了重要变化，即将探索二里头遗址的聚落形态作为新的田野工作的首要任务。所采用的工作方法与途径是：以聚落考古的理念对遗址总体和重要建筑遗存进行宏观考察分析；与此同时，通过细致的工作，为年代学、经济与生业形态、成分分析及工艺技术、地貌环境与空间分析等提供可靠样品与精确信息，积极深化多学科合作研究。注重以遗址和区域聚落形态探索为中心及多学科合作研究，构成了世纪之交以来二里头遗址田野考古工作与综合研究的两大特色。

在这一学术理念指导下，二里头遗址的田野工作取得重要收获，集中体现在以下几个方面：其一，首次对遗址边缘地区及其外围进行了系统钻探，确认了遗址的现存范围、遗址边缘区的现状及其成因；确认了二里头都邑中心区和一般居住活动区的功能分区。其二，在中心区发现了成组的早期多进院落宫室建筑、井字形主干道网、车辙、晚期宫城及两组中轴线布局的宫室建筑群、大型围垣作坊区和绿松石器作坊、与祭祀有关的巨型坑和贵族墓葬等重要遗迹和珍贵遗物。与此同时，采用新理念、新技术和新方法，结合考古学的传统手段，包括二里头工作队在内的相关单位在中原地区的部分区域开展了新一轮的系统田野考古调查。 通过这些工作，不仅新发现了一大批二里头文化遗址，同时还为学界提供了更为精准与科学的遗存信息。 进而，围绕二里头文化的聚落形态、技术经济、生计贸易、人地关系、社会结构乃至宏观文明进程等方面的探索研究都取得了长足的进展。

1999 年我接手二里头遗址的考古工作时，二里头遗址的田野考古与研究已历四十个春秋。 从学术信息刊布的角度看，第一本遗物资料集《二里头陶器集粹》图录（中国社会科学出版社）出版于 1995 年，第一本田野考古报告《偃师二里头 1959~1978 年考古发掘报告》（中国大百科全书出版社，1999 年）在我接手时则刚刚面世，而关于二里头遗址与二里头文化的综合性研究著作则付诸阙如。

数年后，二里头遗址新一轮的田野考古工作取得初步成果，我即萌生了步《殷墟的发现与研究》之后尘，编写一部《二里头遗址的发现与研究》的念想。 当时年轻气盛，拟以一己之力，在田野工作之余完成之。 翻检了既往的文档，2004年春季即开始列出大纲，梳理参加田野工作人员名录，编辑田野工作大事年表。 从发现与研究历程到具体成果，都已开始填空式的动笔了。 此后因田野工作、报告整理和诸多杂务，这项工作就被放到了一边，一直没能再捡起来。

2004 年，《考古》第 11 期推出了《本刊专稿：二里头遗址》，是我们在二里头遗址发现四十五周年之际的纪念专稿。 除了最新的考古勘察与发掘简报外，还有我与同事陈国梁、赵海涛合写的《二里头遗址聚落形态的初步考察》和我的《二里头遗址发掘和研究的回顾与思考》两篇论文。 2005 年，我们推出了资料和研究成果的合集《偃师二里头遗址研究》（科学出版社）；2006 年推出了《二里头遗址与二里头文化研究：中国·二里头遗址与二里头文化国际学术研讨会论文集》（科学出版社）；2008 年推出了硕士学位论文专辑《中国早期青铜文化——二里头文化专题研究》（科学出版社）。

2014 年，在纪念二里头遗址发现五十五周年之际，五卷本考古报告《二里头（1999～2006）》出版。 是时候在二里头遗址发现六十周年之际，重新开始二里头发现与研究综合性专著的编撰工作了。 2016 年，《丰镐考古八十年》出版，我们关于二里头发现与研究的综合性论著，就叫《二里头考古六十年》吧。 这就是这部书的书名及腹稿的缘起。 如果做一个解题的话，这里的二里头显然已不应仅限于二里头遗址，也包含以其命名的二里头文化。 但十余年过去，站在当下信息爆炸、研究深入的时点上，这本书已远非个人以一己之力能够完成的了。随着自己跻身于考古界"老兵"行列，精力与学力不逮，而田野考古本来就有团队作业的特质，可充分发挥年轻同仁的作用；又时值多学科合作、学科大转型的时代，只懂考古已经搞不好考古了；这部专书也不应只是纯考古著作。 只有合作集成，才能让这一念想成真。 在这样的"自知之明"下，我开始考虑搭班子来完成此书。 从团队成员到学位论文选题与二里头密切相关的年轻学者都加盟了进来。

前述初版于 1990 年代的《殷墟的发现与研究》，尚未设专章来综述多学科合作的成果，及至《丰镐考古八十年》，已有一章来谈"多学科方法的应用",内容包括 ArcGIS 系统的构建、航空遥感技术的应用,以及其他科技手段的应用。 而二里头遗址是公认的迄今为止中国考古学学科范畴内科技考古各"兵种"介入最多的一个遗址,大型考古报告《二里头(1999~2006)》则是迄今为止我国参与编写的作者人数最多的一本考古报告(共六十二人参与执笔)。 聚落考古和多学科研究的理念与收获,构成这部报告的重要特色,是中国考古学学科发展与转型的一个缩影。 鉴于此,由我的同事袁靖先生领衔、曾参与二里头遗址遗存分析测定研究的十余位各领域的学者组成的多学科团队,自然就成为这部书的重要撰稿人,他们的人数已远超我们几位考古领域的作者。 这样的撰稿人构成,以及袁靖先生慨允与本人共同主编此书,也可看作中国考古学学科转型期的一个重要表征。

在考古报告《二里头(1999~2006)》的编写过程中,袁靖先生和我的一个共识,就是痛感多学科合作解读考古信息还有"两张皮"的现象,深度整合还有很长的路要走。 虽然意识到这个问题,但如何破题,尚有待探索。 在本书章节拟定的过程中,袁靖先生就提出了极好的整合建议。 从最初将"多学科专题研究"单列一章,到现在整合考古学文化分期和年代学测定研究,整合遗址环境气候变迁与存在状态的综合研究,整合各类人工遗物及人骨的多学科研究,以及对动植物的获取与利用的全方位研究,等等。 这使得这部综合性的专著,较之数年前的考古报告《二里头(1999~2006)》,在多学科整合研究方法的探索上又上了一个新台阶。 如果我们的努力和尝试,能为中国考古学的转型与发展尽些许微薄的助推之力,则是我们至感欣慰的。

　　这就是《二里头考古六十年》这本书从构思到问世的大致缘起以及我们的心路历程。本书从不同方面系统梳理了二里头考古六十年来所取得的田野考古发现与研究业绩。从研究对象及侧重点来看，又可将全书的主要内容归纳为六大领域，即分期与年代、聚落考古研究、遗迹研究、遗物研究、社会文化研究和遗址的保护与利用等。我们希望能做一部好看好用的书。它的内容是系统全面的，叙述风格是述而不作的，信息处理方式上做了尽可能的尝试。结语对全书的内容有更凝练的总括，以方便读者速览概观。书后还附有《二里头遗址与二里头文化学术史年表》《二里头遗址与二里头文化研究中文文献存目》。

　　说到述而不作，我们在大型考古报告《二里头（1999～2006）》中就未提及二里头文化的古史性质问题，仅指出二里头遗址是探索夏商文化及其分界的关键性遗址。将相对客观的基础资料的刊布与主观色彩偏浓的阐释推断区分开来，是夏鼐先生主政中国社会科学院考古研究所以来确立的一项基本学术规范。新的二里头田野考古报告对二里头遗址与二里头文化古史属性问题的述而不作，也被认为是中国田野考古报告刊布上从注重阐释研究的取样型报告转向全面公布材料的资料型报告的一个缩影。在以聚落考古理念为基础的二里头文化田野考古工作取得突破性进展的前提下，将更多的精力转向以全面复原古代社会为主要目标的社会考古学探索，无疑代表了20世纪90年代中后期以来学界出现的一种新的学术取向和研究思路。《二里头考古六十年》延续了这一学术风格。

　　这部集成之作是众力成就的。值二里头遗址发现与发掘六十周年之际，我们要向投身二里头遗址与二里头文化研究的所有田野考古工作者与研究者，致以崇高的敬意。没有他们，就没有这部书的问世。从这个意义上讲，这部书既是阶段性的总结之作，也是献礼之作和致敬之作。

六十年间，数代考古人在二里头的耕耘虽取得了丰硕的成果，但我们在二里头遗址的发掘面积（四万余平方米）只有遗址现存总面积（三百万平方米）的不到百分之二，二里头文化的总体面貌仍有待深入揭示的空间。我们虽取得了重大的收获，但二里头遗址和二里头文化的神秘面纱，只是被揭开了一个角。近年，我们在国家有关部门和所属单位的部署下，制定了二里头遗址田野考古工作的中长期规划。覆盖整个遗址的系统勘探工作和田野考古数据库建设已在有条不紊地进行；重点发掘将从中心区推进到包括一般居住活动区在内的其他都邑功能区，以期对各时期的聚落有全方位的了解。田野工作将进一步精细化；除了对人工遗迹和遗物的形状特征进行研究之外，碳十四年代测定、环境考古、人骨考古、动物考古、植物考古、冶金考古、陶器和玉石器的科技考古等将对相关遗存进行深入研究，成果可期。

随着夏商周断代工程和中华文明探源工程的开展，关于二里头遗址与二里头文化的研究也方兴未艾。作为探索夏商文化及其分界的关键性遗址和考古学文化，二里头遗址与二里头文化成为相关学术讨论的焦点，由此引发的理论方法论探讨，相信有裨于中国考古学学科的健康发展。作为在中国古代文明史上占有重要地位的大遗址，二里头将在新时期面向世界的社会考古洪流中，彰显新的辉煌。

　　二里头考古六十年，也是其从考古圈的象牙塔走向整个学界乃至公众的六十年。从这个意义上讲，二里头又见证了中国学术与社会的长足发展。它从考古人的手铲之下，走进考古报告，走进学术论著，又由此起步，走进教科书，走进科普读物，走进网络，成为公众历史认知的一个组成部分。随着二里头遗址考古公园、遗址博物馆的建设开放，二里头也成为考古人回馈社会、回馈公众的一个重要平台。大力推动文化遗产保护工作，探索大遗址保护与民生发展双赢的新途径，也是新时代考古人的重要使命。任重道远，我们意识到了肩上担子的分量，也对后继有人的二里头田野考古与多学科研究乃至公众考古的未来充满信心。在可持续发展的理念下，二里头考古将谱写出新的篇章，为学界提供更丰富的研究素材、思路与镜鉴，为公众提供更富历史文化魅力的精神食粮。

原刊《中国文物报》2019 年 10 月 11 日

踏墟寻城
三十载

——

写在
《踏墟寻城》
出版之际

　　日前，我的第一本自选集《踏墟寻城》（商务印书馆，2021 年）面世，算是对自己多年从事中国古代城市考古的一个小结；而其中的一些细节，则见于面世不久的我的第一本讲述考古发现背后故事的小书《发现与推理》（山西人民出版社，2021 年）。该书忝列"4 月光明书榜"，是我颇感荣幸的。书中的大部分篇章虽是亲历记，但限于自己设定的"考古纪事本末"体裁，仅撷取了其中的若干"点"，这里，再略述自己三十年来致力于城市考古的足迹和心路历程。

初缘：亲历丁公城址的发现

　　说起来真巧，这篇文章动笔时，回溯往事，才想到三十年前的 1991 年，恰是我参加工作后第一次亲历了城址的发现，从此与城市考古结缘。

　　我当时还是山东大学的年轻教师，协助时任领队、现在是山东大学资深教授的栾丰实老师，调查勘探位于鲁北地区的山东邹平丁公遗址。彼时，山东大学考古专业的师生已在这处遗址发掘了三个季度，确认该遗址从龙山文化（约公元前 2300 年~前 1800 年）到商代的早期堆积保存好、文化内涵丰富，即使是在发现大量史前文化遗址的山东地区也不多见，这促使我们思考如何对这一遗址进行全面的了解。早在 20 世纪 30 年代，在距丁公遗址不远、同样地处泰沂山脉北麓山前平原的济南章丘城子崖遗址，就发现了城墙的线索，后来的再发掘，确认了新石器时代城址的存在。这促使我们下决心对丁公遗址做全面勘探，以了解遗址的准确范围、不同时期文化遗存的分布和遗址内外有无重要遗迹等。

　　1991 年夏季，我们三位教师率领九名技师对丁公遗址进行了全面勘探。勘探工作最重要的收获，就是发现了一条环绕遗址周围、呈圆角方形的"淤土沟"。这一发现，让我们很振奋，如果能够证实丁公遗址存在龙山时代的环壕，或许表明它和发现城墙的城子崖遗址代表了龙山文化时期两个不同等级的聚落。于是，我们在秋季发掘中，在遗址东部和北部边缘地带先后布设了探沟来解剖这一"淤土沟"。栾丰实老师联系其他遗址的发现，辨识出沟中的堆土就是城墙的夯土。最终确认这个环绕遗址的大城圈平面略呈圆角方形，面积达十余万平方米。后来很多业内专家到现场实地考察，一致肯定了这一重要发现。

在黄河流域已发现的若干龙山时代城址中，丁公城址面积较大，城内遗存丰富且保存较好。它的发现，不仅在于又多了一座城，更在于深化了我们对龙山时代城址历史意义的认识。联系到黄河中下游城邑林立的状况，有理由相信，龙山时代应该已经发展到了社会分化比较严重、社会分层十分明显、社会内部矛盾日益尖锐化的阶段，也即进入了国家起源的早期文明时期。1992年1月，丁公龙山文化城址及其中发现的中国最早的文字之一——丁公陶文，入选1991年度"全国十大考古新发现"。

打底："沙发考古"大贯通

1992年秋，我如愿以偿，考入了中国社会科学院研究生院攻读博士学位，师从著名考古学家徐苹芳教授，专攻城市考古。徐苹芳先生的主要研究领域是从秦汉到明清时代的历史时期考古。但是徐先生是一个知识面极广的贯通型学者，他任中国社会科学院考古研究所所长的时候，就组织召开过关于中国文明起源的两次研讨会，极大地促进了中国文明形成的研究。我和徐先生商量学位论文选题的时候，先生说既然你以前主要是做新石器时代至汉代考古教研的，那么你就做先秦城市考古吧，研究下限就定在战国——写中国的前帝国时代。这样我在山东大学八年教师生涯的学术积累就全用上了。

于是，博士学位论文《先秦城市考古学研究》的选题正式确定。 论文涉及范围从初步社会复杂化的仰韶时代后期开始，一直到战国时期，从距今五千多年到两千多年，上下三千年，纵横数千公里，要把中国城市的起源及其早期发展这么大一个主题梳理清楚。 这一大"担子"压下来，"阵痛"了数年，论文也就做了出来。 这使我对中国城市起源及其早期发展的宏观进程有了初步的把握，也就奠定了我的学术基础。

1994～1995 年，我在攻读博士学位期间，作为日本国际交流基金的招聘学者赴日研修。 研修中侧重于中外尤其是中日早期城市的比较研究，多种海外论著的研读、与日本学界的广泛交流以及围绕选题所进行的思考，都开阔了我的眼界和视野，加深了我对中国城市起源及其早期发展轨迹与特质的认识。

考古讲究读万卷书、行万里路，论文写作过程中我做了尽可能的实地考察调研，山东地区当然比较熟悉，河南、山西、陕西等广义的中原地区此前都去过，又跑了从良渚到燕下都的几处早期都邑，大致心里有了数。 尽管如此，我的博士学位论文写作还是大致属于"沙发考古"的范畴的。 所谓"沙发考古"，也即书斋考古，意指利用已发表的考古资料和研究成果进行综合研究。 这种竭泽而渔式的搜求与梳理，让我对中国古代城市的起源与早期发展进程有了一种"通"的感觉。 现在看来，这种预先的整体把握，对日后的个案研究大有裨益。

2000 年，在博士论文基础上修订成书的《先秦城市考古学研究》(北京燕山出版社，2000 年)正式出版。 这是我的第一本学术专著。

16 历练：偃师商城牛刀小试

1996 年，我博士毕业后留在中国社会科学院考古研究所，被安排在夏商周考古研究室，搞的还是早期中国。 那时正值国家级重点科技攻关项目"夏商周断代工程"实施阶段，时任夏商周考古研究室主任的王巍先生带队大规模发掘偃师商城宫殿区，我也受命作为"机动部队"的一员临时借调参与会战。

这次偃师商城的"大会战"，是与整个考古学学科开始转型有很大关系的。 在夏商周考古领域，学界长期以来聚焦于狭义史学范畴的"对号入座"式推想，把已发现的考古遗址与文献记载的国族都邑相对应而争议不休，如何从"证经补史"的王统考古转为全方位的社会考古，解决都邑等高规格遗址的空间布局及其演化过程乃至社会意义等问题，就成为当务之急。 于是也就有了这次转型期的大会战，而我个人则是躬逢其盛。

这是我头一次参加都邑级大遗址的田野考古工作，没想到一干就是五个季度，共计长达两年半的时间。 我负责的发掘区域属于大型建筑基址区，早晚期建筑相互叠压打破，层位关系和遗迹现象非常复杂。 但有了丁公遗址参与带队指导实习，和 1988～1989 年国家文物局田野考古领队培训班结业并获考古领队资格的经历，使得我可以在田野考古的实操上应付裕如。 凭着以往的工作打下的基础，我一个人负责一千多平方米的发掘，带几十个民工，手下只有一位技师协助工作，田野图都是自己画的。 两年半下来，手写的发掘记录达数万字。

回想在偃师商城的这五个季度，最大的收获是与正在主编《中国考古学·夏商卷》的高炜、杨锡璋和参与执笔的偃师商城队杜金鹏、王学荣等师友在发掘现场的切磋琢磨、分析研讨，大大深化了我对都邑级城址空间结构、功能分区和中心区布局演变等的认识。

正是由于这段经历，我与夏商考古、与河南偃师结下了不解之缘。1999年，我被任命为二里头工作队队长。本以为偃师商城是临时参与会战，没想到最终的工作地点是距偃师商城数公里之遥的二里头遗址。我从三代考古的尾端东周，跳到了三代考古的开端——二里头文化。这倒真的和在大学当教师、做博士论文一样，让我从二里头一直到战国有了一种"通"的感觉，而不是限于三代中的哪一段。

收获：接盘二里头"不动产"

我接任的1999年，恰好是二里头遗址发现与发掘四十周年。我是第三任队长，也是第三代队长。前辈们的辛勤努力取得了丰硕的成果，奠定了良好的深入探索的基础。但如何站在前人肩膀上，深化对这样一处经长期工作又内涵复杂的大遗址的认识，是摆在我和团队面前的极艰巨的任务。对于从事中国早期城市考古研究的学者来说，二里头遗址实在是一个带着问题解剖麻雀、实现学术设计的极佳平台。我在工作中，是把二里头放在整个中国早期国家和城市文明发展史的框架中来探究的。后来诸如中国最早的宫城、最早的城市干道网的发现等，都得益于若干学术理念与构想，而这些理念与构想，都要溯源于在徐苹芳先生指导下完成学位论文时的思考与收获。

我们将探索二里头遗址宫殿区的结构布局作为新一轮田野

工作的重点。除了我个人专攻城市考古的学术背景外，这个思路又与中国考古学学科转型这一大的学术背景有关。简单讲，就是由文化史为重心的研究转向全方位的社会考古，也即从注重"物"（动产、东西）本身，到更多地关注这些"物"背后的关联、背景和意蕴，对从房址、建筑群到整个聚落、聚落群等大的"不动产"乃至其背后人的社会活动开始感兴趣起来。时势造人，自称"不动产专家"的我，显然也是这个大转型时代的产物。

如果说在中华文明探源研究中，二里头遗址是一个已知点，但作为中国文明与早期国家形成期的大型都邑遗存，其总体聚落面貌、其所应有的都邑布局的规划性则一直乏善可陈。这一拥有我国最早的大型宫殿基址群、最早的青铜礼器群和铸铜作坊的王朝都城遗址，究竟是松散的聚落还是经严整规划的都邑？鉴于整个聚落的结构和布局没有什么章法，只是一些杂乱无章的遗存的堆砌，以至于有的外国学者认为二里头就是一处大的祭祀中心而非都邑，因为它不具备规划性，而规划性，是具有政治性意义的城市特质所在。

带着这些问题，在我执掌二里头遗址考古工作的二十年中，率队先后又发现了中国最早的城市主干道网、形制布局与明清紫禁城一脉相承的最早的宫城、最早的中轴线布局的宫室建筑群、最早的多进院落宫室建筑、最早的官营围垣手工业作坊区和最早的绿松石器制造作坊等。从中可知，二里头遗址是迄今可以确认的最早的具有明确规划且与后世中国古代都城的营建规制一脉相承的都邑，二里头遗址的布局开中国古代都城规划制度的先河。

2014 年，由我领衔主编、浓缩一系列重要发现的大型考古报告《二里头（1999~2006）》五卷本正式面世。这套报告是迄今为止中国遗址类考古报告中体量最大的一部，其中蕴含的聚落考古与多学科合作的理念，也成为整个中国考古学学科发展与转型的一个缩影。2019 年，二里头遗址发现与发掘六十周年之际，我又邀请中国科技考古的领军人物袁靖教授联合主编了集成性著作《二里头考古六十年》。与此同时，二里头考古队与中澳美伊洛河流域联合考古队共同编著的四卷本《洛阳盆地中东部先秦时期遗址：1997~2007 年区域系统调查报告》也付梓面世。主持二里头都邑一个"点"的发掘，以及洛阳盆地中东部区域一个"面"的系统调查，点、面结合，我的田野考古生涯也就算圆满了。

思辨：总体观察与路向探索

从田野到阐释，再从理论回到实践进而指导实践，对未知世界的探索就是在这样的循环往复中得以深化。2016 年出版的《大都无城——中国古都的动态解读》一书曾入选华文好书2016 年度评委会特别奖。如果说我的前两本面向公众的小书《最早的中国》《何以中国——公元前 2000 年的中原图景》对早期中国的观察是从微观上升到中观的范畴，那么《大都无城》则是以二里头为起点，在对中国古都的动态解读中，纵览整个华夏古代文明的流变了。

2017 年，我花了将近三年时间写就的近百万字专著《先秦城邑考古》(上、下编)正式出版。我自己把这部著作，看作是完成于 20 世纪 90 年代博士学位论文的升级版。

如果说大部头的考古报告是田野考古的成果，上述个人专著则是"沙发考古"式的综合研究。作为穿越于田野和书斋之间的考古人，我仍然流连沉醉于考古的发现之美与思辨之美中。

2021 年 5 月 23 日

原刊于《光明日报》2021 年 5 月 29 日

辑四

忆往

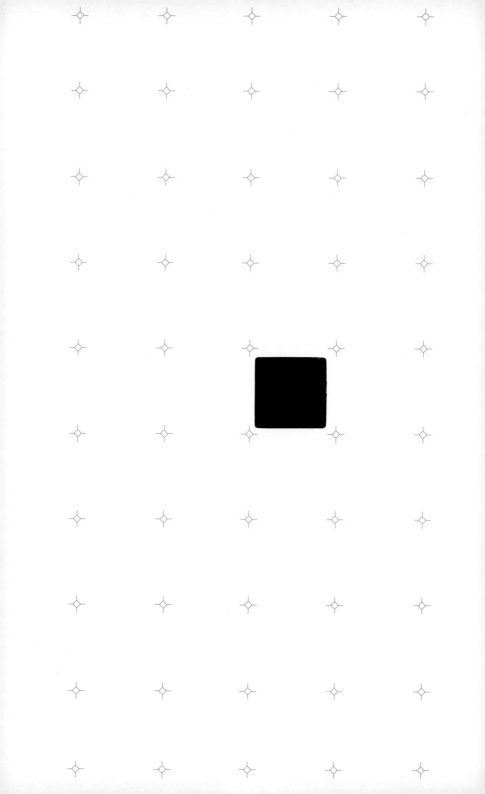

写给十三岁
的自己的信

浩然我自知，
坐待风云起

我爱河南，
我就是河南
人！

精彩写真及
其背后的故
事

江南小城买
鞋记

T1

T2

T3

T4

T5

T7

T6

T9

T8

T10

写给十三岁的
自己的信

宏家，你好！

　　这是个只有我的亲人才知道的小名（"家"是代表辈分的字，后来被进城又经历那个时代的父辈给去掉了）。 说实话，提笔给你写这封信时，内心里充溢着陌生感，也许这么叫，可以稍稍减淡这种感觉吧。 我在努力地寻找和你这个怯生生的小城少年间的关联。

　　人们把现在的我称为考古学家，就是通过人类留下的"物"来研究逝去的世界的人。 考古人的野心是探究逝去的人类世界的全部，所以他自己的十三岁那个逝去的"切片"，当然也是他很感兴趣的研究对象。

153　　遗憾的是，和不少周围的人相比，我的忘性极大，少年甚至大学时代的不少事，基本上就是些朦胧模糊的印象而已，这使我颇感惭愧。 但你要是问起考古问题，那俺就当仁不让地如数家珍了。 所以只能用"有所忘记才能有所牢记"的老话来自我安慰。

出于职业习惯，我要把少年的你，放到大历史的框架中去看，这样才能更清晰地唤起我的记忆，准确把握你的成长环境与生活轨迹。

你十三岁那年，是 1976 年。 那是中国人的一个大年份。 我记起了初中操场乃至黑白小电视中响起的哀乐，群体悲伤氛围下半流出半挤出的眼泪，露天长时间默哀时因中暑而一时眩晕的感觉，对突然失去伟大领袖后国家和个人前途的迷茫不安……最现实的是，初中毕业后的"上山下乡"，每家至少出一个人，还是得去吧？ 这是你作为长子怀有的小小家庭责任感。 真正的中考、高考的概念，那时还没有呢。

你出生在一个小县城的普通工人家庭，全家五口人挤在一间半的平房里（与邻居共用厨房），你十二岁时营口海城大地震，父母在狭小的院子里搭了个地震棚，算是开拓了点生活空间。 你脖子上挂着钥匙串照看妹妹、弟弟写作业，给下班后还要集体学习的父母做好饭，挖野菜喂鸡喂兔子甚至喂过猪，早上用副食供应证抢限购的蔬菜（一定要挤，因为没有排队的习惯）……穷人的孩子早当家。

在那样的大时代下，你生活的基本色调当然是灰色的。"小巷，又弯又长，我用一把钥匙，敲着厚厚的墙。"忆起十三岁的你，脑海里浮现出的就是顾城的这句诗，意境就是——孤寂。

后来，有年轻网友问起考古和历史有什么用，我的回答是：没必要做高大上的解读，就是满足好奇心，安顿身心，做一个有教养的人。

回想起来，嗯，你与后来成为考古学家的我最大的关联，应该就是好奇心强，爱看书、爱思考吧。那时攒下八分或一角钱，就可以走八里路到古城西关的新华书店买本最薄的"小人书"。你的心比较细，书多了，就钉个小木盒，把书编上号收藏起来，还有烟盒纸和旧邮票，都是你最早的藏品。至于安顿身心，你当然还不懂，不过身处小县城，你接受不了那里的平淡世故，以及民风中的戾气，所以你爱文不爱武，好静好冥想，总爱仰头看天，羡慕鸟儿，希望今后能飞出去，看看书里描绘的外面多彩的世界，成为更有教养的人。在那个荒芜的年代，你有你自己的小小的精神家园，你作为秘密小心翼翼地呵护着它。而后，你成了文学青年，而高考的阴差阳错，又使后来的你走上了考古之路。但这么一捋我们之间的轨迹，冥冥中你就是一个考古学家的料儿啊。

所以，当我到了你该喊爷爷的年纪，我这枚"前浪"，要感激你十三岁时尽管青涩但茁壮萌生出的某些习惯品性，甚至你不自知的某些可以被称为执着坚守的东西，才成就了后来直至今天的我。又想起了一句老歌的歌词："没有天哪有地，没有地哪有家，没有家哪有你，没有你哪有我……"那时的生活尽管苦，但至少你还享受着双亲之爱和天伦之乐，而我，唯有思念。

十三岁，是怀梦的年龄，未来在你面前展现出无数的可能性，尽管人生充满了种种不确定，但憧憬的感觉一定是美好的。不管身处什么时代、环境如何，永远怀有好奇心，向内求诸本心，葆有属于自己的精神家园，用适当的准备迎接可能的机遇，足矣。 这就是我作为考古人、你的忘年交，想要与你和你的同龄人共勉的。

2020 年 8 月

原刊于《三联生活周刊·少年》第 2 期

浩然我自知，坐待风云起

与征辉的友情是在三十多年前那段人生的特殊而关键的时期结下的。 一群十五六岁的孩子，相互砥砺着冲刺高考，走出了家乡的小县城，至此我们的人生得以改变。

此后，我俩基本上是"两股道上跑的车"。 征辉在这充溢着亢奋迷惘希冀失落和阵痛的社会剧变中，从东北到北京到海南阅尽人间沧桑，官学商干了个遍。 我则一个弯儿没拐，以一生只做一件事的劲头，以不变应万变地做着学者和教师，搞着我的考古学。

把我们又拉到一股道上的，是他策划、总编的《三十年三十人》一书（学苑出版社，2008 年）。 这书网罗人文社科界的各科学者"指点江山""激扬文字"（分别是两卷的书名），我的笔谈

《发掘最早的"中国"》也位列其中。长年"螺蛳壳里做道场",对于自己基于学科发展的若干思考并不自信,这毕竟是一本面向文化人而非考古界的书。征辉对这些思考的肯定,显然是我走出学术"象牙塔",立志以己所长回馈社会的重要契机之一。他对人文社会科学发展的宏阔视野和独到见地,令我折服。

你不得不相信缘分。正是在《三十年三十人》出版前后,我俩不约而同地在新浪上"玩"起了博客。征辉开博是2008年11月,我是2009年元旦。他也没告诉我开博的事,"傲楚阁"博客的发现是我网上"发掘"的结果。

在网上互相串门、留纸条、跟帖是个奇妙的感觉。借用一句外交套话,这种交往方式无疑"加深了我们的传统友谊"。想想还是台湾的译法精当——"部落格",博客确实会让你有回到咱村的感觉。

如果说我的博客是立足于学术,征辉的博客则定位于人生思考。通过博客,我才有机会近距离地了解老友征辉,乃至触摸他的思想。而我们完全不同的工作生活轨迹,又提供了一个适当的观察距离。

士别三日,当刮目相看。最令我讶异和赞叹的,是征辉身上所显现出的巨大"反差"。一个老总,一个时代成功的弄潮儿,却没有随波逐流,没有在喧嚣浮躁的氛围中失去自我,居然能够洗去铅华,在心底里葆有一方属于自己的精神家园。这显然不是"儒商"一词就能涵盖的。他是如何游移于物质与心灵、动与静、经商与读书、红尘与净土之间,如何把这些对立的矛盾的要素自然和谐地统一到一个人身上,我觉得,这就是这本小书最诱人之处，最大的魅力所在。

征辉是有信仰的人。因了这信仰，才会有止水般淡定沉静的心态，其真性情和高境界才得以彰显。因了这信仰，他是充实的、幸福的和快慰的。你可以不信教，但能体会到他的这份充实、幸福与快慰。他朝圣，他读书，他行走，他思考，正像他喜爱的莲花一样，"出淤泥而不染，濯清涟而不妖"。一个遨游商海的社会人的善良与纯真被唤起，这是精神的力量。

静能生慧。在我们这个仍"放不下一张平静的书桌"的时代，连学者都很难沉下心来读书写作。但征辉一定要给自己留下独处和读书的时间，这对许多成功人士来说太难太难。他的阅读范围极广，社会经济是他的专业，不容我这外行置喙，他更有深厚的文史积淀，更多的是从书中汲取人生智慧，探寻生命的意义。智者尝言所谓学问大抵只是知识，而人生才是真正的大学问。可以说，通过读书与思考，征辉把人生和事业融通到了哲学的层面，身心得以安顿。对社会的达观洞察，都得益于这种融通。读他的文字，也会让你安静下来，思考些切身的问题。

因此，书名《黄金屋：一个老总的读书笔记》中"黄金"的含义，也就不言自明了。

有了这样的底蕴与才思，笔下才会流淌出如此精彩的作品。征辉是写段子的高手，这些小文亦庄亦谐，大俗大雅，嬉笑怒骂，皆成文章。睿语箴言，信手拈来，比比皆是。本人笔拙，无法复述其精彩，短文背后的深意需要读者自己去慢慢感悟。

征辉的博客，没加入任何圈子，也没上过首页，所以十余万的点击量是实实在在没有水分的。 所谓"桃李不言下自成蹊",此之谓也。 新媒体与传统出版物有各自的读者群,因此二者互动,将博文结集出版,值得大力褒扬。 说实在话,目下虽有读电子书的便利,但我仍愿买书来读,那种享受是网络所不能比拟的。 枕边书、厕边书,都是引人入胜的好书(比如征辉自己就有微博曰:"刚刚去洗手间,随手拿了本《世说新语》,翻了翻忽然笑了:整个一古代版微博")。 我相信,这本隽永的《黄金屋》也会成为爱书人的枕边书或厕边书。

征辉的博文已逐渐形成了自己的风格:短小精悍,妙语连珠,文末还得来个警句随感什么的并加粗以醒目。 给这样的文集写了这么长的序,有违全书风格,因此赶紧打住,并请容许我东施效颦一把,以他博文中的一首小诗作为收束:

暗夜不知侵,天地无所谓。

浩然我自知,坐待风云起。

2011 年 8 月

本文系《黄金屋:一个老总的读书笔记》序

我爱河南，
我就是河南人！

　　周末早起，去公园活动，穿上了河南省文物局在一次活动中发的大红 T 恤，特喜兴！

　　回来后妻女惊呼鲜艳，妻看到衬衫上"全国第三次文物普查·河南"的字样，开玩笑道："你还穿这个上街？"

　　"是啊！ 我爱河南，我爱河南人！ 或者可以说，我就是河南人！"

　　今年，是我博士毕业后参与偃师商城遗址发掘的第十三年，是我接手二里头工作队的第十年。

　　记得前些年二里头遗址发掘中，我应邀给偃师高中的师生做了一次讲座，题目是《二里头与"华夏第一都"》。 那次演讲在我海内外的演讲经历中有一个"之最"，那就是听众最多的一次。 一千多学生，黑压压坐了半个操场。 尽管听众是些孩子，但我很看重这次演讲，因为他们代表着未来，代表着中州大地乃至中华文明再现辉煌的希望。 记得我的开场白是："作为外地人，我今天想班门弄斧，给大家讲一讲你所不知道的你的家乡曾经的辉煌。"

我给他们讲"华夏第一王都"，讲"最早的中国"，讲世所罕见的一个不大的盆地中千余年来的王朝建都史。 问大家知道日本古代都城——京都的别称是什么吗？ 告诉他们是"洛阳"，他们惊呼。 问他们知道你们现在的方言很有文化，是当时的"京师语"吗？ 他们饶有兴趣地听我讲他们习以为常的"不饥"（不饿）、"忖着"（想）、"会"（集市）等等，都是现在仅存于文言文和书面语的古语，他们的发音有不少还是中古音，他们的话曾是王朝时代中国大陆强力推广的"普通话"。他们所在的中原大地有可引以为自豪的辉煌的过去，而保护好文化遗产就是存续我们的文明。

每次演讲，我都希望留出时间来与大家交流。 那次学生太多，校方没有准备无线话筒，于是我建议大家写纸条。 最后我收到一大把，选有代表性的当场解答。 记得我念到的一位同学的问题是："许博士，你这个大博士毕业后居然被分到我们偃师这个小地方来，你不觉得屈才吗？"大家哄然大笑。 我的回答是："告诉大家一个秘密——我偷着乐！ 你想一想，在全国数千名从事田野发掘的考古工作者里面，能有多少人被安排在中国历史上如此重要的都城遗址来工作？ 偃师乃至中原这片我深情挚爱着的热土，成就了数代考古人建功立业、探寻中国古代文明的梦想！"

在即将出版的小书《最早的中国》里，收进了一张我们考古队 2005 年收工时的"全家福"照片。我写的图片说明是：

> 在中国，每一个考古队的构成都大致如此：作为"干部"的业务人员或大学考古专业的师生、长年聘用的技师和被称为"民工"的当地老乡。这些或年轻生动或写满沧桑的脸庞，见证了一项项激动人心的发现。我们的收获，也要归功于朴实的当地乡亲的付出。

我所接触的河南人，首先是这些纯朴的乡亲。我们队里的几位技师每天走路或者骑车回家吃饭，我曾开玩笑说："你们都是二里头人，两位女士嫁过来嫁过去，都嫁不出二里头遗址。"（二里头遗址分布于二里头、圪当头、四角楼和北许四个自然村的地界，她们从这村的闺女成为那村的媳妇。）我的两位年轻队友也是河南人，多年的同吃同住同劳动，让我们结下了深厚的友情。我爱这些善良质朴的河南人，他们都是兄弟姐妹，甚至当时在赔产用工等谈判中拍过桌子的乡亲们，为了可以理解的维护个人权益，有过小小的狡黠甚至"取闹"（不能全看作是无理的），回过头来看，他们也是纯朴可爱的。现在想来，由于经费的不足，我们有些亏待了这些为探索古代文明付出了的乡亲，今后有条件，他们应当得到更多的补偿和酬劳。

在工作交往中，我也结交了一大批河南的地方官员和学者朋友，他们热诚地支持我们的工作。我的身边也有不少河南籍的朋友、同事和学生，大家坦诚相待，让人常怀感念之情。

所以，在一些场合大家提起"河南人"时，我总要抬出领
袖他老人家的话来"教导"他们，任何地方只要有人群，就可
以分为左、中、右（大意）。每个地域都可以有主流的"民情"，
但绝不能一概而论。譬如我是辽宁人，就不认为耍嘴皮子的大
腕们多出自黑土地是件值得"光荣"的事，不免给人俺们那疙
瘩的人都华而不实的感觉。相比之下，我对山东更有乡土认同
感，那里是孔孟故乡、我的先祖居地和我学习工作了十二年的
地方，那里的民风质朴厚重但略偏保守。——扯远了。

考古人志在四方，"读万卷书，行万里路"，四海之内皆故
乡。山东、辽宁、河南都是我的故乡，河南尤其是华夏文明最
正宗的故乡——这有"老王卖瓜，自卖自夸"之嫌，但作为学
者，我们已经有不少、今后还会有更多的研究成果来支持这一
观点。

我爱河南，我爱河南人！我就是河南人！

2009 年 6 月 21 日

精彩写真及其
背后的故事

2005 年，偃师市政府在二里头工作队前建了广场，广场上立起了"华夏第一王都"碑。 而这张照片的拍摄，背后还有段故事。

新华网数年前发过一张"华夏第一王都"碑的照片，当地老乡看碑的画面给人印象深刻，觉得很有味道。 我在北京准备书里用的照片时，不愿意用偏俗的领导剪彩的场面，很想也能用上这样的一张。

碑就在我们二里头工作队的门外，相机有，"演员"也不缺。 于是打电话与队里的技师商量，他们说简单呀，拍我们就可以啊。 我说不行，你们虽然是本地人，但已是本地有头有脸的"上班族"，衣着也太现代，没有乡土气息。"演员"要找广场上大家旁闲坐闲逛的老乡。

拍摄任务就交给了负责摄影的技师王宏章，和正在队里实习的研究生彭小军。

遇到我这么一个 A 型血，有"残酷的完美主义"倾向的队长和导师，可辛苦两位了。

我查找到了当时给彭君发的邮件：

> 横拍有大量无用的画面，一裁剪像素就小了，为啥一张都不竖拍？
>
> 画面上的碑几乎都是斜的，是现在的碑本身斜了，还是镜头不正？
>
> 人物视线不集中，看得不认真；人物应当紧凑些，凑上去看、往上看，大家看一处；老人眼神不好，应真看，努力看。少些摆拍的痕迹。有两个人也行。
>
> 0017 的角度最好，那个碾子很有味道。他们的服装挺好。
>
> 以上仅供参考。可能的话再试试，当一篇命题作品吧，哈哈！

随信发去了那张网上的照片，让他们"照葫芦画瓢"即可。

从中可以看出一个学者的"苛刻"，用我夫人的话就是——"职业病"。

当照片发来时，我抑制不住满意的心情，对其效果加以充分的肯定，并嘱咐他们一定要给几位"演员"叔伯每人洗张照

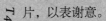片，以表谢意。

　　超出预想的收获，是画面中的那条凑热闹的小狗，使得这
张照片更有味道！

2009 年 8 月 14 日

江南小城
买鞋记

十一长假和妻女一起，去江苏小城溧水凑热闹，参加朋友的婚礼。 人手不够，主人让我客串司机。

10月3号是民间的正日子，结婚的年轻人很多。 一大早起床，与新郎一起去婚庆花店装饰婚车，新郎自己也要打扮一下。

闲看店员装饰婚车之时，注意到花店旁的一个小店是北京布鞋店。 前日雨中游钟山，皮鞋彻底成了"雨鞋"，想在南京买鞋未遂，现在还两脚冰凉。 因此看到鞋店格外亲切，何况还是北京布鞋店。

一介书生，平生最打怵的就是讨价还价，那东西值多少钱你心里没底。 虽然妻子不在，但还是硬着头皮进了小店。

店面不大，没有顾客。前台只有一位五十岁开外的女老板在低头算账，并不理会我的来访。两边货架上摆满了鞋子，都有价签，于是一一看去。

在我拿定主意前，这样的氛围最好。想起在海外经常享受的是这种无打扰服务，国内有些稍规范的店，店员身穿马甲的背后通常印着英文：I'm Listening。

看好了一款休闲鞋，鼓足了勇气例行公事地开问："这款能便宜点吗？"

女老板抬起头，但没有笑容："不还价。"

大喜，正合我意。我国古语和日语中，这叫"不二价"，放心买就是了。

新郎从花店打扮出来，要出发了。我有些着慌，但女老板还是一板一眼地开好作为"三包"凭证的小票，并问我有没有两块钱的零钱。包装时，她告诉我还赠送一双袜子，问我要什么颜色的。我的鞋是湿的，早晨新换的袜子也湿了，这可真是雪中送炭。

回头看了一眼店铺的牌子，噢，步源轩。记住了这个品牌。

趁着在新郎家等迎亲车队，我换上了新鞋新袜，感觉好极了。

过分热情又颇不规范，大体上反映了当下服务业的现状。其实，有这位女老板这样的服务，也就知足了。

想起当天早晨在花店附近和新郎、伴郎吃早点。因头天晚上酒喝多了，就想喝碗汤面。这在北京是不可能的，北京的早点就那么几样，没有什么店能让人耳目一新。但听新郎说，这里正餐吃米饭，早餐却习惯吃面。 这倒让我真的没想到。

我们找到一家汤面店，店面不大，但很干净。 汤面味道醇厚，分量也足。 又想到前日在南京品尝的鸭血粉丝汤，也是这种感觉。

在北京，我喜欢进小店，品尝有点民俗味的东西。 但卫生状况多不敢恭维，做工也颇不讲究，找不到进日本或台北小店那种清清爽爽的感觉。 这家江南小店，则似曾相识。 在我这个久居北方和北京的人看来，江南的顾客会找到更多一些的"上帝感"，因而幸福感要比我们强不少吧。

2010 年 10 月 5 日

慵懒的五一
"吸氧之旅"

五一上午还在下雨，不敢有任何出行的预定。

难得上寄宿但极恋家的女儿回家，中午下厨做了她们娘儿俩都喊不错的两个菜，然后三人又趁阴天美美地睡了个午觉。

下午三点，睁眼看窗外，天晴了！ 决定出发，暂时逃避三环边喧嚣而污浊的空气。

装上包括拖鞋在内的一应行装，车子启动。

四点上三环，拐上八达岭高速。 全速前进，看着进城方向如蜗牛般爬行的车流，有一种"逆潮流而动"的小得意。

过昌平拐向十三陵，躲过名气太大的定陵、长陵，折向西北。

顺路下车看了正修缮未开放的泰陵、庆陵。 破败的陵前建筑、苍虬的古柏，在斜阳下别有味道。 一阵"太阳雨"飘来，除了头顶这块积雨云，天蓝，云白，山影葱翠，不禁慨叹离城不足百里，已是两重天。

明史学得不好，不知两座陵里是哪位或"好"或"坏"的皇帝在长眠。 栅栏之外，重点文物保护碑和世界遗产标志碑上，居然都没有简单的介绍性文字！ 埋怨着文物旅游部门的不"以人为本"，继续顺山谷向陵后进发。

五点半，到达了在网上搜到的目的地——麻峪房民俗村。

信马由缰地停在村里一处停车场。 呵！ 物以类聚，这儿已停满了车，都是我们的同类——来京郊"吸氧"的可怜的北京人。

女儿要上厕所，到就近的一家旅游户借用。 房东听说我们还没住下，便推荐一个可住六人的大间，只收三个人的钱，干干净净，价廉物美，于是敲定了住处。

约好六点半吃饭，可以四处转转。 女儿先是与房东家的大狗"五一"（房东说它是五一那天生的）成了朋友。 先爬了几步山，闻闻槐花的香味，教女儿认路边的果树、小葱、小白菜、车前子……又去了布满卵石的山间小溪，女儿捡了个大可乐瓶，让妈妈帮她捉蝌蚪。 我则漫无目的地拍点山光水影。

晚饭是典型的农家菜，并不比在城里小店吃"经济"，但少肉多菜，确是健康食品。 娘儿俩都说玉米稀饭尤其熬得好。

饭后又是散步。 入夜的小山村，村外还保有几分静寂，村内则不乏喧闹。 网上说，这个小村六十户人家，有五十八户是旅游户。 好几家门口烤全羊和烤鱼的炭火正旺，香气和呛人的烟味混杂在一起，扑鼻而来，偶尔还杂以鞭炮声。 京郊成了关在都市这个大笼子里的人们放风和"过瘾"的地方。 但感觉这里离京城还是近了点，商业味也已太浓了。

这里还是京郊为数不多的可以上网的民俗村之一，无线信号覆盖全村。 妻子正读《明朝那些事儿》，让我帮着在网上查白天经过的陵究竟是哪几个皇帝的，慨叹书里写的比我们在大学学的生动、好看得多。 在床上给美国的师友发了邮件后，开始用笔记本看心仪已久但平时没时间看的大片《汉字五千年》。

女儿则把住电视遥控器，看她最喜欢的无厘头的《快乐大本营》。

酣睡于酒兴正酣的山村，直到自然醒。

山村的清晨则是寂静的，没有我家窗外川流不息的车流。天亮得早，鸡鸣，狗叫，然后是卖豆腐的叫声。 早饭有小葱拌豆腐，味道的确比城里的正，妻说刚才遛弯时问了，是卤水豆腐。

早饭后，想开车去沟里的碓臼峪风景区转转。 正赶上村里的婚车队整装待发，占了出路，让我们稍等。 喜庆之事，好说！

于是决定先到小河边开阔地放风筝。 安装好风筝，试放了几次也未成功，最后风筝掉河里去了。 感觉和自己小时候买的三角钱一只的不一样，怀疑设计上有问题，而非自己太无能。妻则说应该是风不大，放飞技术也着实不过硬。 女儿重在"掺和"，倒也尽兴。

天气极好。 等到送走婚车队，准备出发去沟里，女儿开始打退堂鼓了。 嫌热，不愿爬山。

　　随遇而安，那就哪儿也不去，于是一家三口窝在凉爽的屋里看书上网看电视。 看网友傲楚阁居士充满禅意的博文，意犹未尽。

　　忙里偷闲，也就有了这篇流水账式的、发自山村的博文。这也是一种暂时的"忘我"吧。

　　当再次融入城里的车水马龙时，我们又会很快忘掉这一天慵懒偷闲的山村生活，在庸忙中忘掉应有的自我。

　　That's Life！——这就是生活！

2009 年 5 月 2 日

77

北京暴雨大堵车
亲历记

喝了罐压惊的啤酒，吃了碗方便面，坐在电脑前，我觉得自己像个逃兵，对不住现在仍堵在北京各条路上的父老乡亲兄弟姐妹们。 由于我们多年没有解决的积水问题，他们现在还在路上饥肠辘辘地堵着，而且有不少内急得不知所措，我却先"逃"了出来。

本来上午就知道今天有今年最大的降水，可以不必给此时的京城"添堵"。 正在位于良乡的党校学习，明天要回所里开个会，原本可以明早动身回城。 但写了一天的东西，腰酸背痛，就想晚饭前赶回家，开车也算是个放松。 眼看着黑云压城，倒有一种高尔基笔下海燕的感觉。

下午四点四十八分，从良乡研究生院校园出发，发现东南和北面的天色暗得厉害，于是加大马力。 上高速时，开始掉雨点，雨越下越大，但路上还算通畅。 交通台五点的晚高峰节目开始，这才知道北京大部分地区大雨已下了快一个小时，全面积水、拥堵早已开始。

听见回家的各条环路都在堵，着急想听更多的内容，但交通台路况信息节目却按部就班地插播着广告，急得你直想骂娘。 到杜家坎收费站前，已开始堵车，但还抱着侥幸心理，毕竟家在西三环，不必往城里进，GPS 显示只有十分钟左右的路程了。

进了五环，车就开始爬行了。 漫长的等待。 刚在江南落地的妻子发来短信，告知飞机侥幸在电闪雷鸣前冲出首都机场。 回短信祝贺，因为车已停了，整个京港澳高速进京方向成了大停车场。 妻子逃出去了，我则是"自投罗网"。

在电台播音员的隔空劝慰下，只能放宽心态，等吧。 广播里的路况仍然不乐观。 井盖不知漂到哪里去了，车陷了进去；接孩子的妈妈堵在车里，急得直想哭；新手 MM 说车里油快没了，又不知道怎么去掉车窗上的雾；男人们说内急，男主持人告诉他们要转移注意力。 唯一不变的是，各条路上的车都在爬行或干脆不动。 还有人堵在单位一两个小时了，问什么时候能上路。

看着对面出京方向飞驰的车辆，我下决心"浪子回头"。 定位回良乡，GPS 告诉一点四公里后在丰台掉头。 但就是这一点四公里，又挨了一个多小时。

好不容易掉过头，上高速，不意积水已没过底盘，不敢换挡，急速开过。 在出京方向飞驰，对面进京车辆一直堵到五环外，你就像在检阅一支装甲车队。 在良乡城内又有两次像开船似的历险；折腾了近三个小时后，我又回到了党校。 在回不了自己家时，只想由衷地对校长发出自己的心声："党校，我温暖的家！"

喘息之余，作为广大市民的一分子，弱弱地问一句：什么时候，我们的立交桥下能不积水或少积水，好让大家顺利地回家？

2011 年 6 月 23 日

78

机上临时"管制"
亲历记

没有想到的是，在圆满愉快的宝岛之行的结尾，经历了一次真正的"突发事件"。

海航 HU7988，北京—台北间直航，台湾游的热线航班，昨天下午五点准时在首都机场落地。

飞机还在滑行时，机上广播告知"根据中国政府的规定，所有入境航班的乘客都要接受体温检查，请大家留在座位上等候检查"。

飞机大体停稳后，我看了一下表，五点零八分。 不一会儿，上来两位穿制服、戴口罩的姑娘，开始从前到后给乘客测体温，用一种像手枪的仪器在每位乘客的额头"虚晃一枪"即可，所以速度还挺快。 我们坐的位置偏前，检查完的乘客都在耐心地等待着。

又过了一段时间，机上广播响了，告诉我们由于机上一位乘客的体温偏高，需做进一步的检查确认，因此暂时不能下飞机，请大家再稍候。乘客们开始骚动，抱怨怎么会赶上这样的事，也有的说二三百人中有个头痛脑热的也算正常。大家都在祈愿，希望这只是一场虚惊。

从"相对论"的角度看，等待的时间总是显得漫长。人群中开始有大声的抱怨。我被获准就近使用商务舱前的卫生间回来后，已有乘客与站在前边的那位制服小姑娘大声理论。七嘴八舌的质疑最后集中到了一个共识下的当务之急：这么小的封闭空间，大有传染的可能，你戴着口罩安全了，为什么不给我们发口罩？

小姑娘显然没有得到上面的指令，又要安抚众人，就随口回答："大家不要急，你们没事的。""没事还不放我们走？"有人抓住这句话不放。"我只是想让你们别太着急……"小姑娘细声地回答，也挺不容易的。

大家说什么的都有。有人说这要是在台湾会如何如何，还有人说在台北登机时就该测体温……大陆和台湾乘客都开始失去耐心。乘客开始用手机往外打电话，告诉亲人朋友被临时"管制"。

小姑娘回到机舱，开始给大家发口罩，但只带来一包，显然不够，没拿到的又开始抱怨，拿到的赶紧戴上。终于，一位全副武装一身白色防化服的中年男性从前门进入机舱，径直向机舱后部走去；后门也上来了两三位一身白的人员。大家就都站起来看着他们在那一带忙活，像是洒消毒水什么的。第二批好几包口罩开始往机舱后部送。

乘客们纷纷用相机或手机拍照，没有人阻拦。我也随手拍了几张。

又过了一会儿，那位从前门（显然是从航站楼方向）上来的中年男性往回走，在路过我们附近时，还没忘记跟我前排的一个小男孩打声招呼："小朋友，口罩要戴好啊！"在没有任何新的正式公告的情况下，这加重了大家的怀疑和紧张情绪。

又过了一会儿，商务舱与经济舱之间的隔帘被拉开了，看到商务舱客人从行李架上拿行李，大家长出了一口气，开始拿行李出舱。我赶紧给妻子发了条短信："解放了！"时间五点五十二分。

出舱后发现，通往航站楼的移动通道被拦住，我们下了舷梯到机场地面，一辆机场内专用大巴等在那里。上了大巴，我们又开始紧张，去哪里，不知道。依然没有任何解释性的告知。幸好，没走多远，我们被放下，上了供另一架飞机使用的移动通道。通道的终端是航站楼的出口，我们这才又松了口气。

大部分旅客还是不愿摘下口罩。经过检疫口，交上在飞机上填好的检疫单，头一次被要求看护照。安检员核对单子上的内容，盖上"体温低于 37 度"的小红戳，到下一个检疫口交上单子。以往这两个口只是看都不看地收单子。

到了入关检查时，几乎不见戴口罩的乘客了。海关官员对每人都问了一句："是乘坐 HU7988 航班的吗？"

拿上托运的行李，大摇大摆地走出了出口，与以往一样，没有任何人检查行李票。我一直弄不明白的是，我们的机场是为了省下两个雇用检查人员的工资吗？ 他们没有经历过无意或是有意拿错行李产生的投诉和纠纷吗？

在我刚到过的花莲和台东这样的小机场，这道手续是极其规范严格的。 于是又想起刚才机上乘客说的那句话，这事如果是在台湾……

社会在进步，这次突发事件的应对也许是正常的，没有太多可指摘之处，但在不少细节上还有待改进，尤其是人文关怀。

出了机场，禁不住大口呼吸了一下并不太清洁的空气：自由真好，健康真好！

2009 年 7 月 4 日

79

记一篇狗仔队式的报道

　　2003 年 10 月中旬，新华社刊发了一组关于二里头遗址最新发现的报道，不少媒体都加以转载，其中有些标题确有哗众取宠之嫌，但正文还是忠实于新华社通稿的。

　　数日后，《解放日报》的一个记者不知从哪里搞到了我的号码，把电话打到了二里头，要求从上海来队采访。我因正忙于田野，也不愿在已校阅的通稿以外多说什么，于是极力劝阻，但小伙子非来不可。为其诚心所感，我花了好几个小时给他讲了这些发现的学术背景，以及我的解读，希望他能写出一篇有分量的深度报道，像同是专程来队采访的《三联生活周刊》记者那样，也不枉其来"华夏第一都"朝圣一趟。

　　未料，小伙子回到上海之后说稿子在领导那里通不过，被认为太平淡，没有挖到"新闻点"。那位领导又亲自与我通了电话，我又耐心地给他补了"科普"课。说句公道话，也难为记者们了，要在极短的时间内了解一个自己几乎完全陌生的领域，且能把它说圆了，大差不差地发出来，殊为不易。我妻子就是干这一行的，所以在接待他们时，我还是颇"善解人意"的。但出于学者"爱惜羽毛"的本能，我一再叮嘱他们写完后发给我看看，对方痛快地答应了。

2003 年 10 月 22 日，一篇名为《拷问夏王朝——来自二里头遗址的最新报告》的报道见报。当日，这篇文章又冠以《二里头考古队队长指"夏都几近确认"消息不实》的标题出现在网上。由于已不是在第一时间发稿，以此为题的这篇文章采用"反炒作"来取巧，所以颇吸引人眼球，在网上获得了极高的点击率。同时，它也深深地伤害了一个学者。

及至在网上看了这篇文章，当时的感觉只能用哭笑不得来形容。报社只来了一个记者，文章却署了两个人的名，而且居然是对话体！那等于是加了引号的直接引语，而那些话是我一个学者说的吗？我愕然于他们的失信，居然没有守约发给我校阅。

在文中，记者以本人的口吻说其他新闻媒体是"添油加醋写新闻，随心所欲起标题"，其实，这两句打油诗式的顺口溜恰恰可以用在对这篇报道的评价上。显然，另一作者的作用就是"添油加醋写新闻，随心所欲起标题"了。网友西祠胡同调侃道："不知道标题里面'拷问'二字做何解？记者是准备把'夏王朝'吊起来拷打呢，还是吊打那个考古队长？""用拷问这个词语，我还以为是清朝十大酷刑呢。"实在是令人啼笑皆非!

文中用我的"原话"说王国维"发掘出殷墟大量甲骨文"等等开国际玩笑和不合适的话,说"我国绝大多数重要遗址的发现,都是农民掘地时瞎猫撞上死老鼠,二里头却是大海捞针捞出来的","徐旭生一看,幸福呵,塘壁上布满陶器碎片,用手一摸,哗啦哗啦往下掉!","起码我们发现了中国最早的古都城,要是还证明了夏,那是幸福无疆!"……如此滑稽的语言风格,实在是令人无语。

文中还有情景描写:"记者正目瞪口呆,突然许队长手机响,村民报告挖出个陶器。许队长问明后苦笑说:'也就是个挖破了的普通陶品,真要是青铜器那就难说了。'"我怎么也弄不明白,记者胡编乱造这种情节在文中起什么作用。

就是这样一篇报道,居然还作为"优秀新闻作品"被收入《守望——解放日报新闻视点作品选》一书,实在是让人大跌眼镜。

鉴于这篇文章仍然在网上被点击、引用和评论,影响恶劣,在澄清真相的基础上,本人郑重声明,该文所述不代表本人真实准确的观点。本人观点以已发表的论著、本人认可的媒体报道,以及公民许宏的个人博客为准。

2009 年 2 月 18 日

《大家》"被导演"
讲述着猎奇的故事

如果在我们这个急剧变革的时代，媒体也变得只有一块"净土"，那真应当是非央视《大家》莫属了。《大家》栏目自述的宗旨也是这样的：

> 《大家》是目前央视容量最大的人物访谈节目之一，采访的主要对象是我国科学、教育、文化等领域做出杰出贡献的"大家"。《大家》不仅是大师们讲述人生经历，展示精神风范的窗口，更是他们播撒智慧的讲坛，广大观众分享光荣的殿堂！

依我们的理解，"大家"还是应当和"思想""精神""智慧""气派""高度"之类概念沾边的吧。 平心而论，还是有相当一部分考古界专家的节目做得不错，专家们讲出了学术气派。 但真是有说不过去的。 也许我们真的是 out 了，跟不上央视与时俱进的步伐。

不是说这些专家是不是"大家"（"大家"本非职称官职，也没有明确的概念界定，"大家"也本来就是大家伙的一部分，人嘛），问题是我们的编导在"导演"着他们讲什么，专家们顺从着编导"被导演"着讲些什么。 在这里，学者之间有了分野。

我们不妨回顾一下央视《大家》栏目开办以来关于考古学家的节目：

2005 年 6 月开播，几乎从一开始，考古学家就进入了《大家》栏目的视野。

《石兴邦：远古叩访者》（2005-06），题目：不错。

《考古学家邹衡的学术气派》（2005-08），题目：够气派！

《张颔：生命的盟书》（2006-01），题目：好！

《考古学家袁仲一：梦回秦朝》（2006-09），题目：还好。

《考古学家郑振香》（2007-02），题目：没味。 印象最深的是其开场白：一位女考古学家挖到了三千多年前一位女将军的墓。

《卢兆荫：发现金缕玉衣》（2007-04），题目：开始显现了栏目重心从人物到宝物的转变。

《考古学家熊传薪》（2007-05），题目：没味。 开场白：马王堆女尸震惊世界。 ——原来如此！

《刘庆柱：解密长安》（2007-06），题目：尚可。 但央视网上视频的题目则变成《揭秘阿房宫与长安城的历史谜案》，确与内容一致，开始说后宫故事了……

《揭秘曾侯乙墓》（2007-08），节目名称直接变成故事名了。 猜了一下，应该是发掘主持人谭维四先生吧？ ——没错。

《吴王金戈越王剑》（2007-08），节目名称直接变成宝物名了。 没猜出来，居然还是谭先生。 一位"大家"连续讲两次，也算是开了先河。 真是以宝物为本位了。

其后的不多列了。

2009 年，《大家》终于"轮"到了学者徐苹芳。 我们很希望能够帮着恩师做出一集显现这位学者学术风范的节目。 于是，北大杭侃教授主动提出可以先帮着出份创意，本人则给出了徐师的主要著作和大事年表等基础材料。

最终，徐苹芳先生谢绝了在《大家》栏目上"被导演"的邀请。

2010 年 2 月 26 日

P189-
227

为什么女儿
喜欢《淘气
包马小跳》

最大的追求是健康
　　——上交女儿老师的命题作文

郑也夫理念的践行与成果
　　——写在女儿寄宿校毕业之际

爱女津月　　《最初的我与世界》编后散记
　　　　　　　附：女儿在成人礼上的演讲

T1

T2

T3

T4 T5

笔下闻"天
籁"，画中
赏逸诗

爱上博客的
四大理由

对对联·改
对联

"队"联与
"村"联

生肖打油贺
岁（2008～
2019）

T6

T7

T8

T10 T9

为什么女儿喜欢
《淘气包马小跳》

大概去年女儿过九岁生日时，看到网上人气极旺的杨红樱的儿童文学作品，就给女儿买了一套《淘气包马小跳》(以下简称《马小跳》)。

女儿上寄宿学校，书不能带到学校去，读《马小跳》就成了她盼了一周、每周末回家最渴望做的事。然后，居然是第二遍、第三遍地捧读。

我们也知道书写得不错，图文并茂，深受小朋友喜爱，成千上万册的加印就是最好的例证。但总觉得不过是文学作品，并非经典，看看热闹，开卷有益，也就可以了。所以我和她妈妈都说过她，让她适可而止，把精力放在更值得看的"经典"读物上。

但女儿依然我行我素，说读《马小跳》是她最大的享受。我们号称奉行宽松的"放养"政策，也就放任自流了。

女儿在对《马小跳》爱不释手的同时，还曾极力向我推荐这套书，说可以当成枕边书来读，"可有意思啦！"我曾应付着翻了几页，附和说"不错不错"，也就放在一边了。

前晚和昨晚，连续两天晚上与女儿去公园散步。她主动要给我"说书"，我说好啊，心想比她让我讲故事强，当她缠着你讲故事时，你总是脑子一片空白。

女儿前晚一路讲了《马小跳》中的整个一本书《超级市长》，昨晚又讲了一本《跳跳电视台》。除了中间偶尔的思想"开小差"，我认认真真地听了下来，而且被吸引住了。

女儿的复述能力极强，绝大部分场景的时序没有迟疑和停顿。不光是梗概，还有细节和对话。有些词明显就是书上写的，但背了下来。口齿清晰，声情并茂，加之奶声奶气，颇为受用。

她在发音上历来是我的老师。娘儿俩经常嘲笑我的东北口音。

我从女儿的讲述中知道了这书的细腻与生动，它不是平面地写校园生活，而是对人对事对社会都有较深刻的剖析。比如从对老师的教育风格的描写上，可看出作者倾向性的意见；优秀女孩间微妙而明显的"相斥"，男孩女孩这些小"青苹果"间若有若无的"喜欢"；失去了天真与诚实的大人与孩子在心理和处事上的差异；也适度地告诉孩子们现在这个时代和社会存在的问题。从"超级市长"马小跳口中，作者告诉孩子们生活的真谛应当是——快乐。

女儿的讲述让我知道这书不是哄小孩玩的，也不是说教，它几乎是一部小百科全书，难得的是它是一本能让孩子读进去的百科全书。 杨红樱走进了孩子们的心里，而不是像书中描述的儿童电影那样，是让孩子们说大人话，让人犯困。

我和女儿回家后，我对她妈妈说，看来孩子是有很大收获的，而且不光是在语文学习和作文上，阅读有益于她的成熟。

不禁想起前几天读到的朱德庸在《绝对小孩》中的话：

　　——我们每个大人每天都以各自努力的方式活在这世界上，每个小孩每天却以他们各自不可思议的方式活在这世界上。如果，我们让自己的内心每天再做一次小孩，生命的不可思议每天将会在我们身上再流动一次。

　　——这个世界不是绝对的，只有小孩是绝对的。

　　——那么多人不快乐，其实都是因为他们已经失去了童年。

那就让孩子快乐地读那些他们愿意读、能读得进去的书吧！

2009 年 8 月 16 日

最大的追求
是健康

———

上交
女儿老师的
命题作文

转眼，女儿已七岁多，是小学二年级的学生了。按老师的话，她常常因各方面的表现被当作同学们学习的榜样。其实我们看重的，不是她学习成绩的优秀，也不是由于她的律己而总被评为"纪律标兵"（我们甚至觉得孩子率性乃至调皮些才是正常的）；我们由衷地感到欣慰的，是她的健康——包括生理和心理的健康。

回想起来，我们似乎没有在女儿的培养上花费太多的心思。我是学者，她妈妈是记者。作为生活充实，在自己的事业中有所追求的人，女儿至多是我们人生中"优秀科研成果"之一项而非全部，这倒使我们在对孩子的培养上有一种平和而自然的心态，并没有把过多的希冀压在孩子稚嫩的肩膀上。"望女成凤"的想法不能说没有，但因为自身"太累"的经历，我们反倒不在孩子身上追求所谓"优秀"或"出人头地"。 我们要给她的只是一个宽松和谐的生长环境。

我们的女儿曾以她小"开心果"的灿烂笑容入选《新京报》2005 年度"北京宝宝"。 在那一版的"父母寄语"中，我们写了这么一段话：

> 成功和优秀并不是我们对你最大的期许，我们只祈求健康始终与你同在。没有什么比健康的身体和健康的心态更重要的了，精力充沛的身体是创造和享受生活的资本和前提，而豁达与平和的心态会让你无畏一切压力与挑战。当你准备独立生存于世时，希望你能向我们证明：你是健康的，这样我们就会安心地把你交给社会了。

我们接受不了"哈佛女孩"式的教育模式，不愿剥夺女儿作为儿童天性的玩的权利，我们追求的是孩子全面而非畸形的发展。 近来一桩离婚父母转换抚养权的案件引起社会广泛的关注。 在父亲的单独教育下可以阅读英文报纸、用"大人话"写日记的男孩，却没有与人交往的起码的能力，只把"出人头地"当作人生的目标，极端仇视自己的亲生母亲。 我们绝不愿让孩子成为这样的"神童"。 知识和技能的学习固然重要，但更重要的是如何把孩子培养成心智健康、对社会有用的人。

在日常生活中，我和她妈妈总是把女儿当作我们的小朋友。 我们很少用命令的口吻和她说话。 身处这样一个社会竞争日益激烈，儿童学习负担日渐沉重的时代，我们也不希望女儿落后，但我们还是不勉强她做她不喜欢的事。 比如选择课外班，我们就征求她自己的意见，选择她自己有兴趣的课程。 我们利用各种场合——应该不是利用，而是习以为常地——与她谈心、讲道理，甚至不太迁就她的理解能力。 实际上，她就是在这种似懂非懂的倾听中逐渐成熟起来的。 我们相信浓浓的爱意能提高孩子的情商甚至智商，记得哪本书里这么说过。

相对丰富的阅历无疑也是扩大孩子视野、增强心智健康的一个重要途径。 我们常带她去农村，那是我从事田野考古发掘的地方。 她和农村的小伙伴疯玩，脸晒得红红的像勾了花脸，身上脏兮兮的，但接近的是泥土和地气，以及青草上的露珠、夕阳中的炊烟和在大城市中久违了的繁星点点的夜空，那是属于大自然的。 我们还带她去看海、看悉尼歌剧院、看丽江和香格里拉。 我们相信这些都会对她的成长有潜移默化的作用。

现在，每当看到女儿乌黑发亮的秀发，红苹果般的脸蛋，畅快开心的笑靥，结结实实的身体，我们就油然涌起一种成就感。 寄宿学校的生活和我们的家庭氛围使女儿的独立生活能力有了显著的提高，在与人交往的过程中不断成熟，懂得设身处地地替他人着想，富有责任感和爱心。 今天，她在作文里写了这么一句话："我觉得快乐才是人的一生中最重要的东西。"女儿就是我们的快乐天使，看到女儿快乐地成长，我们也从中感到了无比的快乐，因为我们的"健康"追求有了初步的成果。

2006 年 1 月 8 日

郑也夫理念的践行与成果

——

写在
女儿寄宿校
毕业之际

晨读郑也夫文集《沙葬》_(复旦大学出版社，2011年)，才知道他在多年前，大体与我们咬着牙把女儿送进寄宿小学同时，就有了《用寄宿制与公民服役制克服独子症》的高论：

> ……人是环境的产物。单靠宣传克服溺爱，几近无效。改善独子性格的缺陷，重要的是切实改善孩子的成长环境。
>
> 我曾经提出过两种手段。其一，中小学普遍推行寄宿制，中学期间、小学期间各一年。一段时间离开父母的庇护，置身到同龄人的环境中，自己打理自己的生活，对克服独子性格上的缺陷，好处极

大。这应成为多数学校的制度，就是说只要进入这所学校，家长就必须接受，没有选择。六个年级中只有一个年级的学生寄宿，即学校为其六分之一的学生解决住宿，应当可以胜任。即使缺乏条件也要创造，因为百年树人，唯此为大。中学哪一年寄宿呢？我觉得，初中一年级最好。一个十二岁的孩子，独自来到陌生的环境中，会非常投入，同学间的交往将格外密切。这对孩子们磨砺性格，结交伙伴，体验合作，效果最佳。小学哪一年寄宿最好呢？如果从减轻教师负担和家长顾虑来看，五年级最合适。如果从性格的塑造来说，再小一些，可能更好，但教师和家长的压力会更大。这些可以在实践中摸索和调整。

寄宿制要有严格的规章，学生非周末不准回家，非有病不准请假，家长平时不准探视。两辈间的互动极为微妙。父母过于溺爱孩子，孩子并不领情，他觉得都是应该的。让孩子有一年寄宿的生活，能加深对父母的感情。老话"身在福中不知福"，间断地分开才有对比，有距离才有想念。否则父母当牛做马，孩子毫无感恩之心。感恩之情，对一个社会善莫大焉。而一个人的感恩之情，是萌发于对父母之感情的。溺爱扼杀了感恩。

几天前，遵守学校非周末不准回家、家长平时不准探视的"严格规章"、寄宿了五年的女儿小学毕业了。作为父母，我们当然心情很激动，更多的则是欣慰。用我妻子给女儿做的纪念册《我家有女初长成》中的话，女儿这几年"起初是眼泪，最后是收获，中间是五年的成长"。

成长的收获有有形的：各科全优、市级三好学生、优秀小干部、小升初推优……而我们更看重的，是她身上那些潜在的无形的变化。"磨砺性格，结交伙伴，体验合作"的寄宿生活给予她深刻的影响，她的心智在不断走向成熟。在她入学不久，我就有了这样的感觉："寄宿学校的生活和我们的家庭氛围使女儿的独立生活能力有了显著的提高，在与人交往的过程中不断成熟，懂得设身处地地替他人着想，富有责任感和爱心"，现在已是初步收获的季节了。诚如郑也夫先生所言，"间断地分开才有对比，有距离才有想念"，适当的分离也加深了她对父母的感情。

我们的这一"科研课题"及初步成果，或可给郑也夫先生的呼吁提供一个社会学研究的具体标本。同时，作为受益于郑也夫理念的家长，我们也想向这位睿智的、富于远见和社会责任感的学者致以深深的敬意！

2011 年 7 月 5 日

爱女津月

　　都说女儿是父亲前世的情人，前世割舍不得，又追到了今生。 所以，女儿出生前就由衷地期盼。 虽说"时代不同了，男女都一样"，但只能要一个孩儿，那我还是由衷地想要闺女。

　　女儿的名字"津月"，就是父女间这份藕断丝连的情分的产物。 女儿出生时，我正在日本出差。 她满月那天，我下了飞机赶火车，才看到了这个日思夜想的"小女人"。 记得我抱起她的第一句话是"怎么这么小啊"，妻子则埋怨我对孩子的生长一点概念都没有。 我去的是日本本州最北的县——青森，那里隔着津轻海峡与北海道相望。 津月，津轻海峡的明月，就是我在那里想好的女儿的名字，"千里共婵娟"，寄托着我对刚出生女儿的眷恋。

　　我妻子经常妒忌我们父女的感情。 她小时候我因忙于考古，和她们娘儿俩聚少离多，没花多少时间照料她，但她喊出的第一个词居然是"爸爸"而不是"妈妈"，这让给孩子把屎把尿的妻子大为妒忌。 每当我从外地回来，她远远看到我时，会大声地喊着"爸——爸——"很煽情地张开双臂跑过来，扑到我的怀里，跟电影里的恋人一样。 这是我最为享受的时刻。我那时经常跟只有儿子的同事吹牛的一句话是，"这是我想亲就亲想抱就抱的女人"。

　　女儿小时候的事，大多只记得片段。 印象最深的一个镜头是：她躺在童床上，瞪着长睫毛的亮亮的眼睛，正学说话呢。我逗她说："我——爱——你！"她刚学会否定词，调皮地笑着回应："我——不——爱——你！"甜甜的、坏坏的小样儿。 我说一句，她答一句，乐此不疲。

　　后来让我乐此不疲的是接放学的女儿回家。 我想起她上幼儿园时，当大门一打开家长们一拥而进、争先恐后的盛况。 大家的一个共同目标是：让孩子第一眼看到自己。 我很自豪于经常让津月在望穿秋水的孩子们中第一个看到爸爸！ 我懊悔不已的是有一次去接她，觉得时间稍宽裕就忙里偷闲去理了个发，回来只有她一个人跟老师在一起，心里别提多难受了……

　　从小学二年级开始，她进了寄宿学校。 每周回家一次，中间不许接。 在哭了两个月之后，她适应了。 为了"弥补"我们的歉疚，我和她妈妈只要没有事情，周五一定要两个人一起去接。 周五下午，成了我家一个隆重节日。 周末，是我们尽情享受亲情的时刻。

　　2008 年我去美国做访问学者的时候，头一天送她去学校，我第二天走。后来听说第二天她总望着天空，当看到附近西郊机场有飞机起飞时，她忍不住哇哇大哭起来。她说想爸爸，想爸爸……

女儿长得像我，朋友说简直是 copy，这使我很得意，到处自夸女儿属"优秀科研成果"。我博客里为数不多的几篇有点生活情调的，主要是写女儿和跟女儿有关的：《最大的追求是健康——上交女儿老师的命题作文》、《蝴蝶之吻（Butterfly Kisses）——给长着长长睫毛的女儿》、《为什么女儿喜欢〈淘气包马小跳〉》、《"别挤啦"》（女儿的课文）、《郑也夫理念的践行与成果——写在女儿寄宿校毕业之际》、《为什么"发现明日中国"，要回望昨日中国》，等等。

我曾跟她妈妈交流过我们的幸运。我们三十多岁才有了女儿，和同龄人相比，人家的孩子早就大了，读研究生或者工作了，而我们女儿还是个"小不点"的初中生。可在我们接近和已入知天命之年时，还有没长大的爱女在身边陪伴，这份乐趣，也应该是我的同龄朋友啧啧艳羡的吧。

现在，女儿进入了青春前期，开始有自己的主见，开始经常觉得老爸 out 了，开始有逆反心理，开始不愿把自己的心扉袒露给父母了。但我一直很自信我们父女间有一种默契，有一种情结，而将来也不会有太多的隔阂。她妈妈说我们爷儿俩"宅"到一块儿去了，一个宅男、一个宅女。两个人在家的时候虽然各忙各的，很少交流，但心有灵犀。谁叫我们是前世修来的缘呢！

2013 年 4 月 3 日

本文系《最初的我与世界》代序

《最初的我与世界》
编后散记

正儿八经给女儿当了一回"志愿"责编，还是很有成就感的。

在整理女儿的这些文稿时，一个词组总是自觉或不自觉地冒出来：在圈养与放养之间。我甚至想它很适用于书名。

为编这本文选，我把津月的文章整个通读了一遍。感觉在她最初的作品中，能看出接受中国式作文教学的两个显著的痕迹：第一是被要求的对"快乐"的表达；第二是文末直白的点题。所幸，进入高中之后这样的色彩越来越淡。我们当然要感谢津月在学校中接受的系统教育，感谢老师们辛勤的付出；但同时，我们又欣慰于她最终找到了自我，写出了自我。

这本作品集里中、英文作文的混搭，也构成了一个鲜明的对比，可以看出中、美指导教师在教育理念和为文的具体要求上的差异。

读着几篇二次元的、描写空灵世界的有些"无厘头"的作文，有一种新鲜陌生的感觉，我知道那是女儿作为 90 后的另一面。 虽不理解，但应该尊重它。

最让我满足和感动的是，她有敏锐的观察力，且能把眼中的物和心灵中柔软的感觉细腻地表达出来。

对我这个愿意"活到老，学到老"的 60 后老青年来说，编读女儿的文章，也是一个学习的机会。

.2016 年 8 月 23 日

附：女儿在成人礼上的演讲

大家下午好。

我是许津月。非常感谢大家能给我一个站在这里做这个演讲的机会。我并不像我的一些同学那样口才非常好——事实上相比于说我更擅长写。但我非常感激这个对我的肯定，深感自己是个幸运的人。

这几天我一直在想一个问题：是什么让我今天站在这里的？三年前的那个女孩第一次踏进这里的时候，当众讲话还会浑身发抖。她不能流利地用英语表达自己的想法，她无比恐惧于自己说错什么。她太过胆小和不自信，这样的学生凭什么有资格在成人礼上做演讲？

我开始了一场时光之旅，回溯过去寻找答案。10 年级的我加入了戏剧社，在这个舞台上成为一个老妇人。那时我被称作Gibbs女士，是一个自信的女人，有着卑微渺小却不可动摇的梦想。我将自己假扮成"她"，心里暗自希望自己有一天能成为一个像她一样为自己感到骄傲的人。然后——是的，戏剧的魔力在我身上施展——我的角色影响了我，我不再执着于在踏上舞台之前甩掉那个懦弱的自己，因为我在一点一点地变得接近于那个我所尊敬与羡慕的女人。我正在改变。我可以感觉到。

11年级的我和我人生中最重要的老师告别了。也许你会问，能有多重要？我可以说，如果将他的存在从我的生命中抹去，我将永不会是现在的我。当我偏执地认为自己是一个一无是处的人的时候，是他对我说，我并不是那样的。他那样真诚地对我微笑着，他那样耐心地教导着我，他指导我成为一个导演，他将我从自卑的泥潭中拉了出来。他给了我一个人所能承受的最多的暖意。但在他走之后，我发现他更像是一个典型，是每一个我在这里遇到的老师的代表。他们热情地鼓励我说出每个异想天开的答案，他们认可我在每份并不完美的作业上付出的努力。有时他们会让我想起我初中时受到的完全相反的教育。那是一个荒谬的却被普遍认可的公式：烂成绩就等于坏学生。所以我感激涕零于我的老师们的开放和友善，是这样的他们将我向我现在所站的位置又推进了一步。

12年级的我有更多的时间和我的家人、朋友一起度过。随着和他们出去玩的时间越来越多，我渐渐意识到我们剩下的时间正在变得越来越少。我不再把自己禁锢在一个小世界里，因为我想珍惜和他们度过的每一分钟。在中国，人们对缘分这一概念无比重视。而和他们相遇，正是我们之间的缘分，他们也因此成为我要用一生去珍惜的宝物。

想象时光蓦地去往二十年后，当我回顾我的三载高中生涯，记忆最深刻的会是什么？我可能忘记了如何分析修辞手法，我可能忘记了如何配平方程式，我也可能忘记了精神分裂症的准确定义。但我仍会清晰地记得我在这里学到的最重要的东西：你可以活得与众不同，会犯错误也没关系，经历失败也无所谓，你可以直抒己见，也可以拥有独一无二的写作风格，你可以在文科无敌驰骋却对着理科抓耳挠腮，你可以信任别人——你的同学、家长和老师，你更可以做你自己。

回到演讲开始我提出的问题，现在我已经有了我的答案。是什么让我在今天能够站在这里？

是你们。是你们所营造的氛围。是我从你们那里得到的自信。是你们教给我的知识。是我从你们身上汲取的爱。

在这里，我找到了自己，也开始热爱自己，更将带着这样的身份继续接下来的人生之旅。我将要去往的地方有高山和河流，我将要去往的地方有旷野和森林，我将要去往的地方有我爱的人和爱我的人，我将要去往的地方有我的未来与梦想。

愿君与同。

谢谢。

2017 年 6 月 15 日

原文为英文

笔下闻"天籁",
画中赏逸诗

　　我读小野木裕子女士的水墨画，最先浮现于脑际的，就是"大气"两个字，进而为这种"大气"所深深地折服。

　　她的画中充溢着收自然于笔底、揽天地于方寸的豪放之气，其构图险峻奇拔，常用留白以收"此时无声胜有声"之效，对水墨干枯技法的运用老到自如。雄浑、深邃、高远一类词汇，好像总易被用来形容男性的作品；而用中国画来表现出这样的气韵和意境，也总会被认为还是中国人最为得心应手。如果只看画而不知其作者，我是怎么也不敢把这些画作与一位娇小而贤淑的、典型的日本女性联系在一起的。就我而言，最感到震撼的是这种超越了国界与性别的艺术之美。她与她的画作间的这种反差，构成了一种独特的魅力。也许，这就是蕴含于 BEYOND 一词中的"超越"的意味吧。 小野木裕子女士的画，超越了自我。 她对中国传统文化底蕴的深刻理解，还可以从她给画作所起的名字中看出。 我想这种感受，也会得到不少读者和观众的共鸣。

作为受过西洋油画训练的东亚女性画家，小野木裕子女士的画风当然也有婉约、细腻、阴柔的一面，而我最喜欢的还是她的抽象的泼墨作品。 这些作品既有东方古典的韵律又极具现代感。 它们是作者直抒胸臆的结晶，又给观者留下了充分的想象和再创造的空间。 因此咀之嚼之，回味无穷。

依我的感觉，小野木裕子女士的画是灵动而有声的，她表现的是来自大自然的、颇具生命之活力的存在，有如天籁。 她的画就是一首首关于自然之声的抒情诗，是跳跃于纸面上的极美的音符。

2009 年 1 月 6 日

本文系《水墨浑然：小野木裕子作品集》序

爱上博客的
四大理由

坐公交车上班的日子，一般也是最易产生博文的日子。 因为在车上做不了别的，只能想事，再加上些简单而潦草的备忘。

昨天在车上，想起中国考古网的编辑发来的采访提纲，劈头问的就是开博的问题。 这大概是网友们很关心的一个问题。正式的答问，还是留给中国考古网吧。

是啊，一个庸忙的中年学者，何以爱上了博客？ 我也在问自己。 随着车的颠簸，还真抒出了这么几条理由。

一、自娱自乐的感觉

作为已远离了农耕的农耕民族的传人，尝到了伺候自家菜园子那一亩三分地的快感。

尝到了暂时不受制于人，自己当编辑、自主组稿、自主排版、随时签发的快感。有朋友说我适于当编辑，这辈子没当成，颇引以为憾，这下过了把瘾。

同时，对于一个庸忙的学者来说，这是一种难得的生活调剂，一处精神家园。

二、练笔和刺激思考的功效

这二者相互作用，在切磋琢磨中进步。原本艰涩凝滞的笔触逐渐变得轻快起来。这显然大大有利于治学。

三、交流的收获

在与以青年为主体的博友的交流中，不断校正、纠偏自己的"抛砖"之论，不断完善自己的思考。

这里没有身份地位之别，没有长幼大小之分，没有圈内圈外之歧见。隐身的博友们没必要恭维，尽可以批评指正。平等的学术交流与思想的碰撞让大家共同受益。

四、分享的快慰

转瞬即逝的灵感火花，尚无法成文、正式发表的想法，邂逅的妙文佳句，都可以保存在博客上，与博友分享，收获同感和共鸣，或者批评与异议。这是存在于纸面和会议上的学界氛围所无法比拟的。

有如此之收获，何乐而不为？

2009 年 9 月 9 日

对对联·
改对联

昨晚偶见博友消失的冥王星出一新帖《对对联：李宗盛唐国强民福》，觉得有趣：

> 今天晚上好多事都不想做，于是在"洛阳吧"逛。看有人出了一个上联："本非一朝，唐僧怎渡宋江"。两个历史人物，而且僧渡江，很双关。
>
> 二楼迅速对了一个"即是半夜，三德欲玩曹操"，搞笑死了。
>
> 三楼更绝，"并非一代，英台怎嫁山伯"。特还君明珠的那种。
>
> 不过两个人都不是十分切合，因为"唐"和

"宋"既是姓，也是朝代的名字。

于是想着元明清，编了一个"竟是两代，元彪不走明道"。但是写完发现"两代"意思有误，应该改成"两处"还算说得通。因为元彪是香港人，明道是台湾人。不过这两个人现在都不是很火，也就意味着没多少人知道。另外"僧"单字就可以表达僧人，"彪"必须组成"彪形大汉"才能理解为人。所以对完了自己觉得不好。

后来楼主自己给了下联，对得非常之妙："何分两地，梁鸿可寄韩信"。

就是梁韩不是什么大朝。

的确，这位楼主的下联也有小憾，倒是博友自己的还有些味道。 忍不住我也杜撰了一句，回帖聊作唱和：

上联：本非一朝，唐僧怎渡宋江

我对：虽为两代，夏鼐可品商汤

博主以为如何？这叫三句话不离本行！

写完想了想，对仗还是不太工整。 当然可以以"大师夏鼐品汤"对"唐僧玄奘渡江"，且商汤其人对宋江其人，夏商均为大朝。 但细究"鼐"（大鼎）之单字，还不如"彪"字与"僧"字更近，直接由人变物，成考古研究对象了。 僧可渡河而鼎不能品汤。

就想"品"字或许不如"注"字。"注"对"渡"，音形皆相近。"夏鼐可注商汤"，可以理解为"大师夏鼐评注商汤其人"，也可以理解为"夏代大鼎可注商代高汤"？ 好像有点走偏了，不会对大师不恭吧？

到此打住，聊供一哂。

2009 年 4 月 12 日

凌晨。 由洛阳返京的列车上，忽不能寐。 想起博友消失的冥王星给出的绝佳横批，顿生审改上联，使其全面"历史考古化"之念。

遂依下联例，胡思出一上联。 则全联为：

上联：本非一朝，唐兰怎习汉武

下联：虽为两代，夏鼐可品商汤

横批：思永兴邦

学界巨擘对盛世之君！

"小陶醉"之际，车到石家庄。 又一阵倦意袭来，复入梦。 恍觉此联似得自梦中。

2009 年 4 月 14 日

"队"联与
"村"联

2012 年龙年到来前夕，曾给号称"二里头大队第十三小队"的二里头考古队写"打油"对联一副：

上联：二里头圪当头四角楼 祖上荫德第一王都在地头

下联：考古队生产队各大队 龙子龙孙继往开来有奔头

横批：龙出大中州

2017 年 12 月 31 日，位于二里头遗址之上的河南偃师圪当头村，举行了村北口牌坊落成典礼，喜迎新年。 本人此前应邀

撰联:

> 上联:中原热土有名村 村称坞当头
>
> 下联:西地良田现宫城 城为紫禁城
>
> 横批:最早的中国

(注:坞当头村民称村西农田为"西地")

　　话说二里头都邑的宫殿区位于坞当头村地界,但遗址名却以二里头村来命名,坞当头村群众素来不忿。 此次得本人上文所引对联,皆大欢喜,与此同时,二里头村群众却很失落。 于是,考古队所在的二里头村村委会也拟立牌坊,2018 年 9 月 5 日,邀本人为其撰联,于是席间给出:

> 上联:华夏遗产命名地
>
> 下联:王都考古大本营
>
> 横批:二里头

　　2020 年因疫情被困海外期间,又蒙坞当头村村支书郭尽国邀约,为该村东门牌坊撰了第二联:

> 上联:夏风商雨 国史无此村不彰明
>
> 下联:西耕东读 家业有乡里得光大
>
> 横批:安居第一都

　　2021 年 7 月 19 日,与位于二里头遗址西缘的北许村诸贤达小饮，又应邀为该村拟立牌坊撰一联：

上联：北临名河洛水　东接中土大邑

下联：许魏刘李诸姓　吉地乐业安居

横批：王都西境

生肖打油贺岁
（2008～2019）

近年，每逢辞旧迎新，总收到不少拜年短信，不回不合适，复制别人的又不情愿，很是尴尬。鼠年到来之际，下决心自己编造"原创"。适值生肖大轮回的第一年，就想象如十二年下来，会汇成个很有意义的"收藏"吧！当时还没有想到这一"收藏"的最好归宿就应该是博客。

短信每条限七十字符，其约束性有点像我国古诗词的格律，富于挑战性，本身就具美感。为表现祝福之真诚，在短短七十字符内，又总要强调其"原创性"，则实出无奈，也算是对"别无分号"的标榜吧。

戊子贺岁（2008）

茫茫史前期　人鼠已同居

若与论辈分　它列先祖席

生育无计划　吾侪愧不及

爱罢恨也罢　就是缠着你

今逢灵鼠到　献瑞庆春祺

许宏以原创　这厢道有礼

己丑贺岁（2009）

牛为人类数千年之良伴

人使之耕于田　祭于坛　噬饮于餐

惜得其皮毛而不得其风范

牛实人类和谐发展之镜鉴

今盼牛市　执牛耳　使牛劲　迎牛年

谨以此 NEW 创祝君开心颜

庚寅贺岁（2010）

虽是大过年的　仍想侃警世的

虎的中国故事　不都是顺耳的

骑虎是难下的　成虎是可怕的

平阳是暂居地　却也是难免的

墓里有搁虎的　未必是姓曹的

周老虎暴露的　是人们担忧的

这有点禅意的　是许宏原创的

辛卯贺岁（2011）

甲子大回转　本命迎兔年

云烟一过往　清心自随缘

忙人捧闲书　有酒即为仙

访古须叩地　究人更问天

日日得其乐　岁岁品鼎鲜

壬辰贺岁（2012）

红山龙　陶寺龙　二里头龙　衮衮诸龙　变来化去　北南争宠　无非虚拟杂交种

爱也罢　憎也罢　爱憎交加　文明表征　威权化身　民族图腾　同胞竞崇吉祥虫

癸巳贺岁（2013）

白蛇遇许仙　缘结千年前

崇蛇又怕蛇　文化在里边

有蛇相盘桓　据说不差钱

龙蛇本一家　小龙亦在田

吉蛇劫余现　禹迹共丰年

甲午贺岁（2014）

手铲释天书　窥马车西来铜辉玉润　商周天下事千年俱往矣

慧眼鉴地宝　醉马超龙雀踏匈衔杯　汉唐中国梦今朝犹可怀

乙未贺岁（2015）

史前五千载　偕黄牛黄麦　吉羊西来　以大为美　美美与共

劫后新世纪　渐民有民享　嘉年复至　惟福无上　上上大同

丙申贺岁（2016）

吉羊本远客　四千年轮群徙大东　以大为美　美在丰实

金猴系近亲　十二生肖独属灵长　惟灵见长　长于佳好

丁酉贺岁（2017）

不闻报晓久矣　起舞精神犹在

大家撸起袖子　鸡年金蛋满载

戊戌贺岁（2018）

灰太狼　成家狗　多地转型万年头

好基友　驯在首　人类从此结伴走

灵犬翔　造化悟　养性修身禅意有

怀初心　砺学术　坦言浅著留身后

己亥贺岁（2019）

无豕不成家　与猪同行　曾崇之为神　形影不离历万载

无肉不成席　惟猪最亲　虽贬之为愚　憨态可掬庆有余

感恩有猪

微言

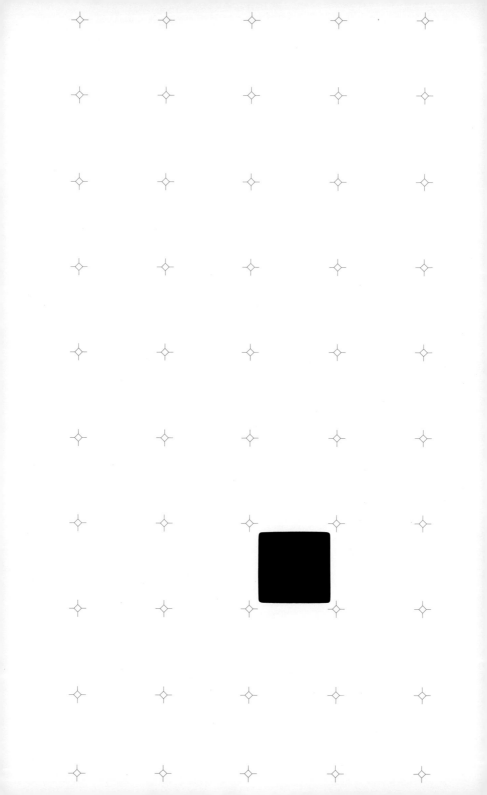

我的小书《何以中国》的副标题是"公元前2000年的中原图景"，公元前2000年是一个时间点，实际上是对黄仁宇先生的《万历十五年》"效颦"的产物。……我觉得这和我读黄仁宇先生的作品，深受他以小见大的思维方式的影响极有关系。他的《中国大历史》给我一种贯通的感觉，他强调赈灾、治水和防御北边这三者构成中国古代史的主旋律，对我研究早期中国都有极大的启发。当我在思考早期中国为什么、又是如何从无中心的多元演变到二里头有中心的多元，再到秦汉帝国的一体一统这样一个大的历史脉络，黄仁宇先生的大历史视野让我受益匪浅。

黄仁宇：
《万历十五年》
生活·读书·新知
三联书店，
2007年1月

黄仁宇：
《中国大历史》
生活·读书·新知
三联书店
2007年2月

　　王明珂先生的《羌在汉藏之间》《华夏边缘》有着很大的方法论上的冲击力。考古学面对的是物质遗存，然而从物质遗存中究竟能否探知当时人的族群认同，王明珂先生告诉我们"NO"。族群、文化认同都是主观认同，不是看他们用什么器物穿什么衣服就能界定的。这就让我们反思半个多世纪以来关于二里头的夏商之争，如果从王明珂先生所从事的历史人类学的研究视角来看，我们争论的是考古学的真问题吗？ 是考古学能够解决的问题吗？

他还提示我们，学者常常把自己的经验与知识当作理所当然，对自己认知之外的客观存在感到讶异，这不正说明我们的认知与常识往往存在误差吗？ 我们对三星堆的发现所显现出的讶异，就是最好的例证。 以前是中原的汉字占据霸权，其中的记载往往是中原本位的，对周边地区不符合所谓逻辑与正统的历史进行选择性的书写与遗忘。 王明珂先生的点拨对我来说是非常震撼的。

王明珂：
《羌在汉藏之间》
中华书局
2008 年 5 月

王明珂：
《华夏边缘：
历史记忆与族群认同》
（增订本）
浙江人民出版社
2013 年 11 月

斯坦因"分别进行了四次著名的中亚考察，考察的重点地区是中国的新疆和甘肃"。这个没错。 联合国教科文组织编写的《中亚文明史》第一卷，在各章节中述及中亚东部考古遗存，涉及"中国西部"的具体范围，内容大致涵盖新疆、西藏、内蒙古西部、甘肃、青海、宁夏等地区。 如果我们同意中国考古学应理解为中国区域内的考古学而不仅仅是中国学者的考古学的话，是否也就应当把这些活动看作中国考古始创期的一个组成部分。

［英］斯坦因著，
向达译：
《西域考古记》
商务印书馆
2020 年 8 月

［巴］A.H.丹尼、
［俄］V.M.马松编，
芮传明译：
《中亚文明史》第 1 卷
联合国教科文组织
中国对外翻译出版公司
2002 年 1 月

日本中央大学妹尾达彦教授的《长安的都市规划》是我非常喜欢的一部作品，这本书的写法对我第一本小书《最早的中国》影响很大。他写隋唐长安城，但把长安城这座都邑放在全球文明史的视角下去观察分析。妹尾达彦教授在书中附有地球仪般的各类地图和比较表，把长安城置于生态圈、文明圈（含游牧文明圈、农耕文明圈、狩猎采集文明圈）和宗教圈（伊斯兰教、儒教、基督教）等几重交叠的视野下去解读，让我们知道只有在如此恢宏的自然与文化背景与文明交汇大潮中，才能有长安城这样雄浑灿烂的文明成果。写得太大气了，读起来有荡气回肠之感。

［日］妹尾达彦著，
高兵兵译：
《长安的都市规划》
三秦出版社
2012 年 11 月

日本的出版界与学术界有着良好的互动，公众史学传统深厚，大家写小书蔚然成风，因学术性与普及性俱佳而广受好评，《讲谈社·中国的历史》就是近年推出的又一套东亚史力作。

其作者均为各领域的一时之选，编者在全书体例风格统一的基础上，又给予作者最大限度发挥其专长特色甚至学术个性的空间。正因此，读来毫无拘谨刻板之感。这

［日］宫本一夫等著，
吴菲等译：
《讲谈社·中国的历史》
广西师范大学出版社
2014 年 2 月

些作者对于中国史的"他者"视角，跨国境、跨文化比较的宏阔视野，使得他们能够"在放眼整个东亚的情况下，把中国置于广大的多元性之中来进行考察"。许多洞见如他山之石，发人深省，可为镜鉴。

能一印再印的，才是经典。1980年代上大学时遇到，即爱不释手。那时还是 32 开黑白版。一再与时俱进地修订内容，殊为难得。在鱼龙混杂的出版市场，如此"干货"尤显珍贵。

王力主编：
《中国古代文化常识》
（插图修订第 4 版）
北京联合出版公司
2014 年 11 月

在我看来，李子一同学的考古漫画，首先是很专业。因了专业，因了它真的出之于田野，所以才能散发出所谓的"正能量"。同时，又因作者的才气，使得其中的专业性不再板着面孔，而为读者所喜闻乐见。其画风可能还稍显稚拙，但因有了真实、真挚加细腻，她的漫画聚拢起如此的人气，也就不足为奇了。

李子一：
《考古入坑指南》
上海古籍出版社
2017 年 7 月

作者说，"培养优秀的考古学家比培养任

装作有闲

微言

何其他学科优秀学者更困难，因为考古学的两面要求基本上是彼此矛盾的。 缺乏浪漫和想象的能力，不可能成为优秀的考古学家；可是反过来看，具备浪漫热情与充沛想象力的人，谁愿意耐着性子顶着大太阳'挖死人骨头'？"理解万岁。 作者穿越学术圈内外，故行文生动而颇具深意。

杨照：
《讲给大家的中国历史 01：中国是怎么出现的》
中信出版集团
2017 年 10 月

　　一直记得邓聪先生早年的话，"肉眼看到的，能拍出来；肉眼看不到的，也要拍出来。"这是对考古学视觉革命的呼吁与倡导。而多年来致力于以玉器为主的文物数码摄影的探索，已使其作品臻于至善。 邓聪先生镜头下文物的视觉冲击力撼人心弦。 它们本身就是科研成果，极具资料性，同时也是艺术品。《玉器起源探索》《良渚玉工》《金沙玉工》，每一部都让人惊喜不已。 然而我一直困惑于这些著作的分类定位：研究性图录？似显苍白，但至少可以把以美图为主的这类集成性研究著作的特征表述出来。 邓聪先生说《金沙玉工》的制作，是二里头玉石器研究性图录编撰的"热身"，这让我们对三卷本的《玉器与王权的诞生》充满期待……

邓聪、曹锦炎主编：
《良渚玉工》
香港中文大学
中国考古艺术研究中心
2015 年 9 月

王毅、邓聪主编：
《金沙玉工 I 》
四川人民出版社
2017 年 9 月

《禹宅禹迹》是当前夏文化研究领域一部集大成之作。 历史语境下的考古学研究是对以往尝试的一种高度的概括和延续，书中的结论仍是推论假说而非定论，并未终结有关夏文化的纷争。

信史应该具有唯一性和排他性，推论假说对应传说原史，而确证定论对应信史历史。 书中"信史"的概念即相信文献中的夏是存在的，这表明在与考古学对证之前已经存在信史的预设，而科学的学术研究应当是从怀疑入手的。 同时，信史不需要人为构建重建，而应是不证自明或一证即明、没有争议的。

孙庆伟：
《禹宅禹迹：夏代
信史的考古学重建》
生活·读书·新知
三联书店
2018 年 3 月

有句话叫"世间再无梁思成，所幸还有谢辰生"。 正是因为他锲而不舍的坚持，北京、南京等古都不计其数的文物古迹和文化街区得以保存。 金冲及先生赞其为"祖国文物的守护人"，徐苹芳先生赞其为"中国文物保护事业之中流砥柱"，他当之无愧。 南京大学姚远博士整理记录的这份口述史，不仅是谢辰生老爷子一个人的文物保护史，也是他与郑振铎、王冶秋、任质斌、梁思成、夏鼐、谢稚柳、郑孝燮、宿白、徐苹芳、罗哲

谢辰生口述，
姚远撰写：
《谢辰生口述：
新中国文物事业
重大决策纪事》
生活·读书·新知
三联书店
2018 年 4 月

文、张忠培等一大批先生共同守护文化遗产的记录。 让我们记住这些闪光的名字，记住这段跌宕的历史……

尽管是专业的考古工作者，我还是曾渴望有一本网罗中国全部最重要文化史迹的手账。 现在，居然是挚爱文化遗产的斯飞小组把它做出来了——囊括四千多处全国重点文物保护单位，收录近万条史迹，让人倍感欣慰。 这些史迹，他们大多实地探访过，甚至很专业地订正了"国保"名录中的某些讹误。 这套图文并茂的小书是一部靠谱的、真正"引人入胜"的古迹指南，宜于卧游，更宜于作知心的旅伴。

斯飞小组编：
《识古寻踪：
中国文化史迹手账》
中信出版集团
2018 年 9 月

克里斯蒂安教授延续了他"大历史"的宏大叙事风格，从宇宙的最初时刻到人类起主导作用的"人类世"的来临，八大历史节点娓娓道来，高屋建瓴，读来令人畅快淋漓。 就当下与未来的问题向历史求解，是人类探索自然和自身奥秘的永恒主题。 回观这一探索的历史，从神话传说到区域史，到世界史与全球史，再到穷极人类乃至生物圈起

[美]大卫·克里斯蒂安著，
孙岳译：
《起源：万物大历史》
中信出版集团
2019 年 4 月

源的"大历史",思想认知与文明演进同步。
"大历史"的发想与探索实践,何尝不是始于
20世纪中叶以来人类世界的重要成果之一?
克里斯蒂安教授贯通的史观、史识及其一系
列作品,相较于既往碎片化的研究,无疑具
有无可替代的里程碑的意义。读此书,可以
让我们少些自满和狂傲,有所忌惮有所敬
畏,仰望星空而踏实前行……

一位著名考古学家曾把我们圈的追求形
容为"代死人说话,将死人说活"。但说实
在的,能够达此境界的学者还真罕有,而郑
岩教授显然当之无愧。图文并茂已成为我们
肯定一部作品的套话,但此书栩栩如生的画
和画龙点睛的文,真的相得益彰,令人称
绝。我们的文明数千年来连续中有断裂,常
让人感怀,但从老郑和小郑两位作者身上,
你还会怀疑它的传承性吗?

郑岩著,
郑琹语绘
《年方六千:
文物的故事》
中信出版集团
2019年7月

一棋自谓"奉献给读者的仅是恍然之后
的小得",其实书中不乏大悟。他把这些中
国文化元典时代绝品中的灵魂级概念剥离出
来,和你分享诸子声音的精妙之处,解读其

史一棋:
《诸子的声音》
民主与建设出版社
2019年7月

中密码。我读此书，不禁每每拍案，如饮甘醇。

数千年的波澜壮阔，浓缩在了几十小时的讲述中，又浓缩在了这六十万字的小书里。展现在读者面前的，不惟出自田野考古与案头卷帙的发现之美，更难得的是每位讲者的多维思辨之美。历史，因不断被解读阐释，而更显厚重、更富魅力。看似与当下生活相疏离的"无用之学"，恰是我们精神家园中文明给养的无尽源头。

许宏等：
《中国通史大师课》第 1 册
岳麓书社
2019 年 10 月

作者说："历史上，其实有两种中国史观。一个是二十五史里的中国，叫作王朝中国。一个是贯穿了所有王朝的中国，叫作文化中国。所有王朝，都在兴亡交替中，短则数十年，长则二三百年，都难逃一亡；唯有文化中国越千年，历百世，还在发展，凝然而成文化的江山。套用歌德的话来说：王朝总是灰色的，文化中国之树常青。"

准此，二里头"最早的中国"，就属于文化中国的话语系统，尽管其以广域王权国家为中国初诞之标志；而"夏都"，显然是王朝

刘刚、李冬君：
《文化的江山》第 1 辑
中信出版集团
2019 年 10 月

中国的话语系统。紧盯着血雨腥风的灰色王朝，我们的博物馆陈展中才会在意避讳"少康失国""桀丧其国""商汤灭夏"的所谓不吉字眼。

王朝总是短暂和灰色的，而文化则永恒而常青。超越王朝视角，把中国历史放到江山中，以诗性之眼，去品读其厚重的文化底蕴。《文化的江山》这套书的立意与全球文明史视野都值得点赞。而其汪洋恣意的大胆阐释，让人吃了一惊又一惊，却又不乏令人眼前一亮之处。捧读此书，不能不感叹作者的独到思维与优美文字相碰撞而产生的魔力。

作为考古人，我每每被问及二里头都邑的细节，这常常令我汗颜。所以我深知作者这些手绘背后的学术含金量。是的，"复原并不是想象的产物"。《鸟瞰古文明》用一百三十幅手绘城市复原图，重现古地中海全景，令人叹为观止。

[美]让-克劳德·戈尔万著，严可婷译：《鸟瞰古文明：130 幅城市复原图重现古地中海文明》湖南美术出版社2019 年 10 月

坦率点讲，杀人武器及其进步尽管昭示文明的步伐，但对俺这个和平主义者来说，向来是有抵触情绪的。但捧读这本做得如此

蒋丰维著，刘子藏绘：《中国冷兵器图典》四川人民出版社2020 年 12 月

精致的图典，眼前还是为之一亮。这是对冷兵器"团队"的一次唯美的大检阅……70 后作者、80 后绘者，让人感叹后浪可畏。最欣赏的还是书末的破题——"止戈为武"，这是人类终极的祈盼。作为爱书人，还要提及这书的良心价，要知道这书是三百多页的彩绘精装啊！

作者从十件古物入手，以点带线，将一张宏大的丝绸之路交流网铺展开来。文前的八张高清彩色地图已是大福利。写法也可借鉴，俺也可以东施效颦，写本《十件古物中的早期中国史》？

[英]魏泓著、王东译：
《十件古物中的丝路文明史》
民主与建设出版社
2021 年 3 月

罗泰（Lothar von Falkenhausen）教授两位高足的合集，可谓珠联璧合，令人称奇处多多。他们多年来致力于西南地区盐业考古和社会复杂化进程的研究，书中涉及三星堆文化及其前身的探究，正可一解热潮中的诸多困惑。伯桢博士英年早逝，令人扼腕，此书也是对这位才子最好的纪念。

傅罗文、陈伯桢：
《古代中国内陆：景观考古视角下的古代四川盆地、三峡和长江中游地区》
北京联合出版公司
2021 年 4 月

如果说《讲谈社·中国的历史》是他山之石，对我们的国史探究有宝贵的镜鉴作用，那么，日本学者在学术上的"寻根问祖"，又是怎样的一种境界和风景，应该是许多朋友也会感兴趣的。"横看成岭侧成峰"，这套代表日本史学界前沿水准的《讲谈社·日本的历史》，既勾画出了从水稻传入到明治维新的日本史的宏阔图景，又会让你一窥素称谨严的日本学者的开放性和国际视野，从而对东亚史乃至全球史有更客观深入的把握。

[日]寺泽薰、
熊谷公男等著，
米彦军等译：
《讲谈社·日本的历史》
文汇出版社
2021 年 5 月

保罗·巴恩，是考古学家中最懂公众的人，也是作家中最懂考古的人。他搭建的志同道合的写作班子本身就具有品牌的号召力，也正因此，《考古通史》这部著作可以在众多同类作品中脱颖而出，让人眼前一亮。我以为，纵览与微观相结合，生动平易但又极富学术底蕴，是它最大的亮点。

[英]保罗·巴恩编著：
杨佳慧译：
《考古通史》
天津人民出版社
2021 年 5 月

立意与文图俱佳。三句话不离本行，将下中国轴线的缘起与放大：仰韶时代，单体建筑轴线；二里头时代，宫室建筑群轴线；曹魏时期，全城大轴线。至北京城，终成典范。

帝都绘工作室：
《中轴线》
北京联合出版公司
2021 年 7 月

抓重点，是认知教育最重要的内容。如果说任何历史悲喜剧，都上演于地理大舞台，那么文明时代悲喜剧的绝大部分，都上演于城市这个人类社会制高点。而从古代中国最美的文字——诗词中撷取出的每个时代的最高结晶——都城的点点滴滴，能不是精华吗？《诗词里的古都》做的，正是这样一项提纯集萃的工作。

朋朋哥哥、曹雨捷文、
白木方舟童书绘：
《诗词里的古都》
陕西未来出版社
2022 年 1 月

许倬云先生在《许倬云说美国》中写道，"在新的世界，一个真正诚实的科学家必须是深层谦卑但也保留怀疑的探索者"。他本人，正是这种一直怀有深层谦卑和存疑探索精神的学者。

关于域外尤其是美国的世界，我们绝大多数人身在其外，认知流于表象，许倬云先生身处其内，才有如此洞察和批评之语。也许，你暂时无法全部理解他的话，但应该能认可许倬云先生一直是一位前瞻者，他从前现代走来，身处现代文明的旋涡，又窥见了许多后现代的问题。这位世纪老人的警世恒言，处处散发着思想的辉光和对人类文明的终极关怀。

疫情下见证历史的特殊经历，让我们有

许倬云：
《许倬云说美国》
上海三联书店
2020 年 7 月

了更多跨文明比较的思考，也会对这本书有更多的共情。 读这本《许倬云说美国》，你不得不由衷地感叹：许倬云，常读常新。

许倬云先生谈中国历史，不是作为旁观者，他经历过，参与过，他既是冷峻的观察研究者，又是抱持热望的践行者。 他是严肃的，又是热忱的，他的文字融入了情感，但又质朴自然，大气旷达。 也正因此，《万古江河》等贯通类史学著作的写法，构成了区别于一般中国史叙述的鲜明特色和独到之处。

许倬云：
《万古江河：
中国历史文化的转折
与开展》
上海文艺出版社
2006 年 6 月

对全球国家文明的先驱——古埃及文明的考古与综合研究工作持续推进，常读常新。 温静、黄庆娇两位年轻学者整合最新成果，征引宏富，立论谨严，勾勒出了一幅古埃及国家起源与早期发展的清晰图景。 该书不惟有助于深化对古埃及文明的把握，更是我们理解早期中国的有益镜鉴。

温静、黄庆娇：
《尼罗河畔的曙光：
古埃及文明探源》
北京大学出版社
2022 年 2 月

装作有闲

微言

从万国到帝国

距今五千三百年前后，华东近海大平原地区的若干新石器时代人群开始进入了社会复杂化的阶段，一个被考古学家称为"古国时代"的阶段。

这"满天星斗"中最耀眼的，要数各领风骚数百年的良渚集团、屈家岭—石家河集团以及大汶口—龙山集团，他们都是爱玉的人群。到了距今四千三百年前后，随着西风东渐，在华西黄土高原地区，用铜与用玉的文化相碰撞，催生出了陕北石峁集团、晋南陶寺集团这类文明新锐。

比至距今三千八百年前后，东亚大两河流域的华东与华西、低地与高地两大板块进一步碰撞，更在中原催生出了中国最早的广域王权国家——二里头、郑州商城和殷墟所代表的夏商王朝。西周大分封开启"普天之下，莫非王土"的"天下"治理模式和国族思维，奠定了中国古代文明的基础。而列国争雄，显然是帝国一体一统化的先声。

从三代青铜王国到秦汉帝国，"大都无城"所显现的文化自信，人性的不断觉醒与思想的持续争鸣，谱写了华夏文明上升期的主旋律。

（2020-06）

中国古都

说起来，人类就是群居动物。从最初的林居穴居，到旷野上出现定居农耕村落，最终发展出生活共同体——社会。随着人口增长、社会不断复杂化，又有了更大的社会组织——国家，更大更复杂的聚落——城市。

与散乱的、自给自足的农耕村落形成对比，城市，是人类历史上第一个出现非农业人口的外部依赖型社会，也就是，必须依靠他人和其他聚落才能存活，居民成分复杂化（包括阶层分化和产业分工）构成其最大的特征。城市这一人造的庞大而复杂的聚居地，使得人和其他动物彻底"相揖别"了。

就古代中国而言，城市的主流是"政治性城市"。最大的城市往往是国家的权力中心——都城所在。这是人类"抱团取暖"活动的终极之地，社会结构大"金字塔"的塔尖，各个时代文明的最高结晶。由是，古都也就成了解开逝去的那些时代历史奥秘的钥匙。

就这样，都城成为中国古代城市的典型代表。抽离了古都，一部中国古代史就无从谈起。这也就是我们为什么要关注城市"巨无霸"——古代都城的缘由。

作为政治性城市的中国古代都城，规划性成为其最重要的特征之一。

那么，都城规划有着怎样的演变轨迹，大家所熟悉的无都不城、城郭齐备的状态是否源远流长、单线平缓"进化"？为什么处于华夏族群上升期的夏商周三代至秦汉时代，首都几乎不设防？而曹魏至明清时代城郭兼备的都城形态，纵贯全城的大中轴线和严格的里坊制的实施，是否与北方族群屡屡入主中原有关？欠发达的工商业与政治性城市的互动关系如何？中国古都是如何经历了从东西移动到南北迁徙的大变动？如此种种，其背后大的社会历史动因何在？从先秦到秦汉，再到魏晋隋唐、宋元明清，随着都城布局与社会的变化，城市居民的生活又经历了怎样的变化？

这些，都是关涉中国古代社会发展、文化变迁的大问题，因而成为学界乃至公众关注的焦点。

（2019-01）

早期中国大势

2000BC 以前，由无国到邦国林立、满天星斗，并无核心，为前中国时代。

2000~1000BC，逐鹿中原，大邦决出，二里头—二里岗—殷墟王朝，月明星稀，为初期中国。 彼时晋冀鲁一部即为域外。

1000BC 至公元后，周封邦建国至七雄争霸，后秦汉一统，华夏外扩，中国亦不出宜农地区。 由无到有，由小到大。

（2015-01）

红山还不是国，良渚是中国前的古国，三星堆是"中国"的远邻，且辈分小着呢。

（2015-08）

良渚，东方玉帛古国的典范。

良渚、陶寺是多元星空中最亮的星，二里头是一体化的第一抹朝阳。

如果说陶寺时已有了最早的"观念上的中国"概念，那么二里头则是最早的"实体的中国"。 而良渚，是中原中心出现前，第一轮文明潮中最壮观的一波。

（2012-07）

良渚

东亚史前满天星斗时代最亮的一颗巨星，"前中国时代"东亚第一玉帛大国。

她在以中原青铜王朝为标志的最早的"中国"诞生前，就走完了其生命史的全过程，给后世留下了充满谜团的丰厚的遗产和无限的想象。

这个过早消逝了的、充满巫术色彩的巨大存在，显现出与后来的中原文明在文化认同上较大的差异。

良渚的庞大，颠覆了数千年来由小到大、单线进化的东亚文明认知模式。

（2016-05）

东亚大陆第一波文明潮，良渚国巨大战天斗地工程。

环绕莫角山土台（大型祭祀中心？）的围垣宽可居人（观礼台？），城内外皆多水；最新发现疑似外郭面积达八平方公里；大型水坝系统分为数段，最长绵延五公里，覆盖保护数十平方公里的都邑聚落群。

城郭功能与后世中原者是否可同日而语，尚无法遽断。

（2015-02）

装作有闲

微言

当时的良渚，傲视东亚，曲高和寡，自得其乐，少与一般部族往来。

及至衰亡，文化因素始四散，甚至导致他地文化的震荡，如长江中游屈家岭向石家河文化的转化。

至于对中原，则仅有微弱的辐射，但某些礼器中可能蕴含了深层的良渚底蕴，值得关注。

（2012-11）

陶寺

陶寺印象：前青铜时代的大邑小国。

有铜器不做礼器，有大邑未成大国。

重吸纳而少放射，重享乐终取衰亡。

一个高度发达但"不称霸"，因而并不"广域"的早期文明。

陶寺的文明成就，使其当之无愧地成为那个时代的顶峰和绝响；同时，它的衰落与退出历史舞台，也昭示了一个新纪元的到来。

（2012-06）

陶寺有大邑未成大国，自得其乐，连近旁盐池铜矿都懒得管。

近有周家庄，中有石峁、河南城邑群，远有齐家、海岱诸政体。

它可能怀有"中国梦"，即所谓意念的中国，但四围列强环峙，想想而已，不久即退出历史舞台。 不是并存竞立吗？

（2015-04）

邦国时代满天星斗最亮之一枚，谢幕于辉煌青铜时代前夜；一大时代的绝响与终结，可当某大文明之先声序曲？

其沟通西北而不与大河之南交，有大邑而不事扩张，知熔铜而不为礼器……

尧都乎？ 夏都乎？ 盐帮土豪集团乎？ 雾里看花，学界猜谜。

起于河东山西，成于河山之外。 百代之后，换了人间……

（2015-12）

石峁

城内山峦起伏，可用于居住活动的空间并不太多。 所以石峁这种山地型石砌城址，与中原地区的夯土城址以及南方水乡地区城壕并重的城址，在规模和性质上都不具有可比性。 它们都是因地制宜的产物，是中原中心出现前，"满天星斗"似的地域文化多元性的显现。

（2012-12）

由于各学者的"对号入座"方案不同，所以关于石峁年代的对比描述，本来就该用"二里头文化"而非"夏代"的，否则徒增混乱。 石峁发掘者原用的"夏代"，应是邹衡先生方案，现在已成非主流意见了。 所谓主流意见摇来摆去，亦令人无所适从。

石峁是前中国时代最亮的星斗之一，西北高原"明星"，其下限进入二里头时代，属"中国"外围邦国之一。

（2015-01）

陕西石峁遗址的发现，多用"石破天惊"一词来形容。以石构建筑为主的各类遗存的"先进性"与偏早的年代推断形成了强烈的反差，引起学界乃至公众的巨大关注。

媒体的积极参与及片断的信息披露，田野考古资料尚乏系统的刊布，发掘者与研究者较为单一的阐释解读，都导致这一重要遗存背后的史实扑朔迷离。

从多重视角聚焦石峁，提示另外的可能性，当可对深化中国早期文明的研究有所裨益。

（2019-04）

石峁遗存的年代下限应晚至公元前 1600 年前后或更晚；目前所知的石峁遗存，至少是两个不同的人类群团的遗存。

（2019-04）

二里头

中华前身无数，陶寺石峁良渚。

253　　繁星同时闪亮，全看各家解读。

一堆邦国林立，中国焉能多出。

唯有二里头起，奠定大邦基础。

（2015-01）

二里头文化是东亚大陆最早的核心文化，二里头都邑是中国最早的广域王权国家的都城。

它是中国文明史结束"满天星斗"的邦国时代，迈进"月明星稀"的王国时代的重要标志，是中国文明从多元到一体转变过程中的第一个节点，开创了中国青铜时代和王朝时代的新纪元。

二里头都邑的诸多重要考古发现属"中国之最"，前无古人，后启华夏文明，因而堪称"最早的中国"。

（2017-04）

小中国与大中国

研习中国古代的历史，不能不知道"中国"有一个从无到有、从小到大的演进过程，这是一个以中原为中心的滚雪球的过程。

中原中心出现于距今三千多年前的二里头时代，以其为先导的夏商周王朝时期，形成了最早的"中国"，我们可以叫它"小中国"。小中国之外，是被周代当时的所谓"中国之人"称为蛮夷戎狄的四方少数族群。

秦汉以至明清时代，随着大一统的中央集权郡县制的帝国的建立，中国的版图逐渐扩展到了后来的"四大边疆"所在的西藏、新疆、内蒙古和东北地区，形成所谓的"大中国"。

小中国和大中国，也可以称为内中国和外中国、平原的中国和高地的中国。"小中国"以定居和农耕生活为基盘，其地形地貌和风土人情都是我们所熟悉的。而广袤的中国边疆地区，对于大部分朋友来说就会有一种"异域感"。但这恰恰是我们理解多元一体的古代中国所必需的。

从外向内、由边疆看中心、从边缘看华夏，感知大中国、外中国和高地中国，是解读当代中国形成过程的一把钥匙。

（2021-01）

史前东亚城建三系统

土城——夯土版筑（中原海岱，陶寺、两城镇、王城岗、古城寨等）。

水城——积土堆筑（长江流域，良渚、石家河、宝墩等）。

石城——石材砌筑（河套地带，石峁、老虎山等）。

二里头、殷墟、丰镐的"无城"形态，则标志着中国青铜时代广域王权国家的隆兴。

（2012-10）

如果说水城、土城、石城是中国史前城址的三大系统，那么石峁与水城良渚、土城陶寺抗礼，成为石城之首。

（2013-4）

建筑"高升"与社会复杂化

从史前时代只要有劳力即可搭建的简易地穴，到地面式排房，到王朝初期的大型台基式夯土建筑，到东周时代必须兴师动众才能完成的巨大的纪念碑式的高台建筑。

一部建筑史，就是一部社会发展史。

（2012-06）

都邑千年史　空前大提速

数千年舒缓的农耕生活，公元前3千纪以来血与火的"文化重组"、逐鹿中原之后，嵩山周围的新砦集团开始发力。然后，是二里头、郑州城、殷墟。

千年里都邑面积扩百倍，史上空前大提速。

首次用同一比例尺制作的比较图，是否比抽象的数字更具震撼力？

（2012-05）

不断膨大的先秦城邑

北方地区由前仰韶时代的六万平方米至龙山时代前期的二十五万平方米，增长缓慢，到了龙山时代后期，出现了四百余万平方米的超大型石城——神木石峁。

以中原为中心的黄淮流域，在前仰韶时代的裴李岗文化时期，已有面积达三十万平方米的聚落，仰韶时代持续增大，到龙山时代后期，出现了面积达二百八十万平方米的陶寺城址。

相比之下，长江流域最初的城邑面积偏小，由前仰韶时代的三点八万平方米，缓慢增长至仰韶时代后期的二十六万平方米。但龙山时代前期，面积达三百万平方米的良渚城即已问世，早于中原地区和晋陕高原北部大型城址的出现。

要之，由前仰韶时代至龙山时代，各区域呈现出"满天星斗"的多元并存态势。进入二里头至殷墟时代，北方地区和长江流域显然进入了停滞期，除了广汉三星堆外，缺乏超大型城邑，没有可与中原超大型都邑比肩者。

在中原地区，无外郭城的中心都邑成为主流，由二里头的大于三平方千米发展到殷墟的三十六平方千米。

由西周至春秋战国时期，大中原地区一直保持着领先的态势，无外郭城的秦都咸阳的面积达四十八平方千米。这昭示了以中原为中心的华夏城邑群及其背后的华夏国家群形成与发展的轨迹。

北方地区最早出现的大型都邑是西周王朝分封的燕国都城——北京琉璃河城址，战国时期的易县燕下都则逾三十二平方千米。

在长江流域，战国楚郢都纪南城达到了十六平方千米的规模。

如此种种，都是华夏城邑文化扩张的产物。

（2017-05）

时代金字塔　高度看塔尖

如果只看底层村落，当今西部人民的生计，较之两千年前铁犁铧普及后的汉代农民，几无大别。但国家形态，却已沧海桑田，地覆天翻。

仰望塔尖，方知高度。汉代看长安，当代看北京。国家社会与前国家社会的分野，亦在金字塔的塔尖——城市中心（都邑）之有无。

都城考古之最大价值，正在于此。

（2012-05）

装作有闲

祀戎并重　金玉争辉

大型、片状、有刃，构成了二里头玉器的主旋律，这是对此前史前玉器的重大扬弃。

当烈火铸就的贵金属——青铜被塑成温文尔雅的礼容器，温润可人的玉却隐隐地呈现出某种杀伐之气。

"祀与戎"这两件"国之大事"，就这样被和谐地融入初期王朝金玉争辉的礼仪制度中。

两手抓，两手都要硬，这的确是亘古不易的硬道理。

（2012-05）

微言

青铜时代　礼器为先

只有本土发明的青铜礼容器，才开启了中国的青铜时代。

它应是西风东渐的冶铜技术、本土悠久的模制陶器传统和东方礼制思想碰撞激荡的产物。

铜容器的问世已基本被锁定在龙山时代的黄河中下游地区。那么，又是哪个（些）族群最早创制了铜容器呢？

（2012-05）

吃喝文化 vs 饰用文化

早期中国重吃喝、祭祖、宗法，所以把青铜这种贵金属优先用来做礼乐器和兵器，我们可以把它称为"吃喝文化"。

而同时期的中国北方、西北、新疆乃至更西的欧亚大陆内陆地区，把青铜用来做装饰品和生产生活用具等，可以称其为"饰用文化"。

（2012-12）

文明时代，充斥不文明行为

文明时代，就是人类有意识地从事大规模不文明行为的时代；而最大的不文明行为，就是制度化地剥削压迫残害同类，出现"人上人"，核心是权力与分赃。

"卑劣的贪欲是文明时代从它存在的第一天起直至今日的动力"，"国家是文明社会的概括"。（恩格斯）

文明最重要的物化形式，是人们温饱后"折腾"出的一堆超出生存需求的"没用的"东西。包括但不限于——大型礼仪建筑、大墓、各类奢侈品、文书乃至城市等等五花八门的文明标志。

（2012-05）

大河文明　王权国家

所谓北纬30°线，从人文的角度看毫无神秘可言。它其实在北回归线（23°26′）至北纬40°线之间的暖温带和亚热带上。古代文明形成的前提是农耕和定居，这一地带正是宜居宜耕区。

太冷太热，太过严酷或太过优裕的环境，导致地广人稀。人类为生存必须群居，但又像刺猬一样，太近则互相伤害。如果没有为了生存而产生的与同类间的摩擦冲突，就没有为了避免同归于尽而发明的"秩序"——国家，合法的暴力（利）集团应运而生。

尽管几个文明发祥地各具特色，但王权国家的出现则是大河文明发展的共同结果。

（2012-05）

装作有闲

微言

260

辑
七

答问

中国的新石器时代是什么时候？和旧石器时代有什么不同？

如何理解城、城市、都邑、国等概念？

为什么早期中国的纪年不确切？

孩子若问起夏，该如何回答？

夏朝为什么不被考古学术界承认？

为何说夏朝的问题是中国考古学上的"哥德巴赫猜想"？

二里头遗址是商都还是夏都？

被认为是"夏文化"的二里头文化，到底应该属于史前时期还是历史时期呢？

为何不能说陶寺遗址展示了夏朝以前的历史？

为什么"最早的中国"是二里头而不是陶寺？

陕西神木石峁发现的石头城，是中国最早的城吗？

考古发现将延安筑城史推进到了距今4500年，具体是怎么回事？

中学历史教科书只见河姆渡、半坡，紧接着就是炎黄、尧舜禹，不见良渚、石峁、陶寺和二里头，你怎么看？

为何说王朝诞生传说地并无"王朝气象"？

T1

T2

T3

T4

T5 T6

T7 T8

T9

T10

T11

T12

T13

T14

为什么甲骨
文直到一百
多年前才被
发现？

为什么说只有殷墟时代才走出
了"传说时代"？

三星堆文化是什么时期的？
与夏商周哪个朝代对应？

燕下都始建
于春秋时期
吗？

曲阜鲁城是《考工记》营国
制度的蓝本吗？

为何说抛开北方地带，完整
的早期中国史就无从谈起？

什么是"铜石并用"时代？
中国有"铜石并用"时代吗？

如何看待西北大学段清波教授认为秦朝的技
术、艺术风格以及治国理念，可能受到波斯
和亚历山大帝国影响？

曾经盛行一时的安特生"中华
文化西来说"，是什么时候被
推翻的呢？

为什么考古
遗址要以小
地名命名？

为什么说没有田野考古工作，
文化遗产保护也就无从谈起？

如何在考古与文化遗产保护之
间找到一个平衡？

T15

T16

T17

T18

T19

T20

T21

T22

T23

T24

T25

T26

中国的新石器时代是什么时候？和旧石器时代有什么不同？

中国新石器时代的上下限在哪儿？又是怎么分期的？

答：

按说，顾名思义，旧石器和新石器两大时代的划分，应该以石器为主，辅之以其他指标。即，旧石器时代盛行打制石器，主营渔猎采集，一般居无定所；而新石器时代盛行磨制石器，主营动植物生产（农业畜牧），发明了陶器，过着定居生活。二者的分界大致与地质年代上的更新世和全新世对应。然而，问题并不那么简单。这些现象的出现并非整齐划一，考古学家手中的标尺也就五花八门了。

在世界若干区域，新石器时代开始的标志是农业，如欧洲等地。而中国早期新石器时代，除个别地点外，大多无农业发明的迹象，也少见磨制石器。因此，一般把陶器的出现作为中国新石器时代的开始，时间在公元前1万年前后（中国社会科学院考古研究所：《中国考古学·新石器时代卷》，2010年）。

依《中国考古学·新石器时代卷》的划分意见，新石器时代早期约当公元前10000～前

7500 年，中 期 约 当 公 元 前
7500～前 5000 年，晚期约当公
元前5000～前 3000 年，末期约
当公元前 3000 年～前 2000 年
或稍晚。

但最新翻译出版的《中国考古学：旧石器时代
晚期到早期青铜时代》，又给出了不同的划分
方案："与目前某些考古学文献将陶器的发明
定为中国新石器时代开端的观点不同，我们用
'后旧石器时代'来界定那些还缺乏明确驯化
证据的全新世早期遗址。 根据目前的考古材
料，新石器时代革命似乎发生在公元前 7000
年前后或稍早"（刘莉、陈星灿，2017 年）。

如是，中国新石器时代的上限
就被切去了约三千年的一大
块！ 相应地，该书把新石器时
代早期限定在公元前 7000～前
5000 年，中期限定在公元前
5000～前 3000 年，晚期限定在
公元前 3000～前 2000 年。

（2017-12）

问:

如何理解城、城市、都邑、国等概念？

答:

目前学界对这几个概念的使用的确较为混乱。至少在我的话语系统中，这几个概念有明确的界定。"城"（walled enclosures）是带有防御性设施的聚落，不取其后起的引申义"城市"以免混乱；而早期"城市"（cities）是人口相对集中、居民成分复杂的国家权力中心，也即"都邑"（capitals）。之所以不以商业比重市场有无为指标来细分，是因为这是考古学所做不到的。

"国"的问题触到了中国学者的软肋。"国"字使用上的这种"偷换概念之嫌"（似乎有些言重，可以说是借用概念吧）在苏公（苏秉琦）的"古文化古城古国"中就开始了。包括本人在内的多数国内学者不肯把"酋邦"一类舶来词汇拿来就用，希冀探索有中国特色的古文明之路，建构相应的话语系统，所以"古国""方国""邦国"之名多出。由于没有建构起系统的解释性理论框架，内涵和外延不清的问题，早为学者所指摘。学科的局限性在此也有充分的暴露。

说到"国"字的使用，想起日本学者的机智和幽默。日本弥生时代没有文字，依靠《三国志·魏书·东夷传·倭人》(日本学界称为《魏志·倭人传》)等汉语文献中关于倭国、邪马台国的记载，力图建构起其早期社会复杂化的历史图景。汉语文献中的这些"国"，是中国王朝话语系统中的称谓，连日本学者也大都不认为其为真正的"国"(states)。所以在日本的博物馆里，经常见到"くに"、"九州のくにぐに"的字样，有意不把"国"字的汉字写出来，而是用假名，以示区别和慎重。可惜我们没有这套书写系统，叫个"国"就有定性的感觉。

总体上看，国内学者关于"国"的论述中有大而化之的倾向，也无法求甚解。平心而论，把龙山和二里头分别当作酋邦和最早的国家，或称为邦(古、方)国和王国，并没有认识上的绝对的差异，仅仅是一个代号而已。共识是二里头及其以前的社会实体有形态上的不同，或

有阶段上的差异（可划为大期）。 个人浅见，
仅此而已。

(2009–08)

问：

为什么早期中国的纪年不确切？

答：

与其他文明发祥地发现了丰富的早期出土文献相比，在中国，最早的包含大量历史信息的出土文献甲骨文，属于已高度发达了的商王朝晚期（约公元前 1300～前 1050 年），它本身并没有明确的纪年材料。 其后的西周时代的铜器铭文，能够推定王年的也寥寥无几。 根据《史记》的记载，确凿的中国历史纪年只能追溯到西周共和元年，即公元前 841 年。 再往前，只能是仁者见仁、智者见智的推算了。

我们先看看西周王朝的始年，也就是著名的周武王讨伐商纣王这一重大历史事件的准确年代吧。 据"夏商周断代工程"的统计，两千多年来，中外学者根据各自对文献和西周历法的理解推算，形成了至少四十四种结论。 最早的是公元前 1130 年，最晚的是公元前 1018 年，前后

相差 112 年。 那么再往前推算，商王朝的第一代君王商汤起兵灭掉夏桀，以及大禹的儿子夏启建立夏王朝，都是在哪一年呢？ 各种文献说法不一。 比如商王朝的存在时间，有的说 458 年，有的说 496 年，也有说 500 多年、600 多年的，最长的是 629 年。 又如夏王朝的存在时间，有的说 431 年或 432 年，有的说 471 年或 472 年。 由于采用不同的说法，从西周初年开始的计算累计误差，各种结果相差就超过 200 年。

所以，以往中国历史年表上关于夏代的存在年代，只能含糊地写着上限为公元前 22 世纪或公元前 21 世纪，夏商之交为公元前 17 世纪，后面时常再打上 "？" 号以示慎重和留有余地。 即使在今天看来，这也是合适的。 国家级重大科研项目 "夏商周断代工程" 公布的年表，将夏、商、周王朝建立的年代分别定为公元前 2070 年、公元前 1600 年和公元前 1046 年，也只能看作一种说法而已。 在 "夏商周断代工程" 启动之初，有学者曾推断说，几年后或许会把上述诸多说法统一为一种说法，或许会再增添一种或数种新说法。现在看来，"工程"是通过验证讨论、斟酌比较，在以前的众多说法中选出了一个专家们心目中的最优解，专家们自己也没有说这是唯一解。这是一种科学的态度，探索是没有止境的。

"定论""正确""错误"一类倾向于绝对定性的词，似乎并不适用于早期历史与考古研究领域。出土文字材料的匮乏，传世文献的不确定性，导致我们对早期中国的纪年只能做粗略的把握。"疑则疑之"既出于不得已，也是一种科学的态度。

（2009-05）

问：

孩子若问起夏，该如何回答？

答：

夏王朝还处于传说时代，我们是从比它晚千年以上的东周到汉晋时代人们的追述中知道夏的。一般认为，考古学上的中原龙山文化和二里头文化，可能是夏王朝的遗存。这个问题，还没有定论。

（2018-12）

问：

夏朝为什么不被考古学术界承认？

答：

首先要解题。已有朋友指出并非学术界都不承认夏朝的存在，这里牵涉的一个认识论的问题是，任何学术观点都只能是学者个人本位的，而不可能是一个"学术界"或"考古圈"都持一样的想法、得出一样的结论。

现在我们回想起来，在 20 世纪关于夏、商王朝分界的论战中，本人任职的中国社会科学院考古研究所被比喻为"西亳说"（指认偃师二里头或偃师商城为商汤之亳都）的大本营，而北京大学则被比喻为"郑亳说"（指认郑州商城为商汤之亳都）的大本营。一个研究或教学机构的人都持一种观点，这是令人难以想象的，事实上考古所和北大两个单位都有学者跳出了这样的思维去思考问题。所以只能说夏朝（的存在）在部分学者眼中还存疑待考。

说到"夏"，它肯定是出之于文献的（多见于战国秦汉时期），而不是考古发掘出来的。

只要没发现当时的文字，就无法确认考古遗存中哪批锅碗瓢盆属于"夏"。而在被考古发现和研究证实之前，它也就只能属于传说类"非遗"，即非物质文化遗产。

到目前为止，考古发掘出土的系统成熟的文书材料，还只能上溯到殷墟的甲骨文。这种自证性文书的出现是进入信史时代的前提。任何在甲骨文时代之前的考古遗存与后世文献记载之间作对号入座式的分析，都只能看作推论和假说，而绝非定论。这个道理很简单。

所以，对于考古人来说，"夏"是个既不能证真也不能证伪的问题。有一分材料说一分话。疑则疑之，不疑则无当代之学问。诚如有朋友指出的那样，如果把这个暂时无解的问题当作考古学的前沿问题，那也太低估考古学的能量和高度了。暂时不知道姓"夏"还是姓"商"，并不妨碍我们对二里头等可能与"夏"有关的遗存在中国文明史上地位的认识。最能发挥考古学特长的就是无

文字和缺文书的史前时代和原
史时代了。

最后，我们要说这是个学术问题，这里谈的是
材料、逻辑、学理甚至常识。 如果从"信念"
或情感的角度认定夏朝的存在，那就与以求真
为要旨的学术无关，不在我们讨论的范畴内
了。

(2017-11)

问:
为何说夏朝的问题是中国考古学上的"哥德巴赫猜想"？

答:

这是两个完全风马牛不相及的
问题。"哥德巴赫猜想"，我们
这代人是从陈景润的光辉事迹
开始知道了这个概念，那是
"世界级难题"的代名词。 要
攻克它，得几代人费尽九牛二
虎之力，还只能是最大限度地
迫近。

那么所谓夏朝（存在与否）的问题呢，在像甲
骨文那样的当时的内证性文书出现之前，是个
根本无解的问题。 它仅见于其后千儿八百年后
人的追忆当中，属古史传说范畴，既不能证
真，也不能证伪，存疑而已。

在考古学上，夏王朝的存否问
题则并非真问题，甚至可以说

是近乎伪命题了。 王国维老先生当年用"二重证据法"证明了殷商王朝的存在，证据的两头一是"纸上之材料"，二是"地下之新材料"，请注意二者均为文字材料，前者是传世文献，后者是甲骨文。 这是确认一个王朝真实存在的一道不可逾越或替代的门槛。 遗憾的是这"二重证据法"后来被泛用滥用，"地下之新材料"被认为还包括没文字不会说话的文物，于是，没有实证基础的猜想（猜谜）大行其道，以至于今。

未来的哪一天，或许"地下之新材料"中又有内涵丰富的自证性文书出土，那本来无解的夏王朝问题，可能就会涣然冰释，不证自明或一证即明，从而结束半个多世纪以来沸沸扬扬兴师动众众说纷纭莫衷一是的猜想。 但那跟必须几代人前赴后继地勠力精进、刻苦钻研才能有所深入的"哥德巴赫猜想"问题有半毛相似之处吗？ 人们不禁要问。

（2017~11）

问：

二里头遗址是商都还是夏都？

在《关于二里头为早商都邑的假说》一文中，许宏从学史、测年、文献、聚落、理论等视角阐述了自己的假说，颠覆了 1980 年代以来形成的"二里头主体夏都说"的"主流观点"或共识。

答：

就现有材料而言，二里头遗址既不能确认为商都，也不能确认为夏都。 副题中提及拙文《关于二里头为早商都邑的假说》，这大概是国内学者首次在论文题目中就明言己说为"假说"吧。 本人爱用的一个不倒翁论断是：（在考古与上古史领域）到目前为止，我们还排除不了任何假说所代表的可能性。 这就在二里头商都说和夏都说之外，提出了一种"有条件的不可知论"，即认为在甲骨文那样的自证性文书出现以前，这问题是无解的。

从认识论的角度看，二里头商都说和夏都说，都可以归为"可知论"，只不过各派所指认的靠谱文献与对号入座的都邑所在地不同而已。

众所周知，20 世纪下半叶，围绕此问题，学界争来吵去，几十年来不可开交，其参与人数和发表学说之多，历时日之长，讨论之热烈，都远超其他学术课题，构成了 20 世纪下半叶直至今日中国学术史上罕见的景观。相当一部分参与其中的学者的认知前提是："我是真理你是谬误，我是科学的你是非科学的，我是正确的你是错误的"，不少人把推论和假说当作毕生的信仰来捍卫。连事实与看法都分不清，只能是那个甚至这个时代教育的失败。

此题下昨天一位博友的回答中提到，"教育部在这点上应该是汲取了绝对主流观点才这么写"，这是对本人上句话的最好的注脚。到现在，大家还很看重"主流观点"，这位朋友居然还有"绝对主流观点"的提法。我们还是回观下学术史吧，不妨看图说话……

俗话说"三十年河东，三十年河西"，看我圈儿的所谓"共识"或"主流观点"，十几到二十年为周期一直在游移。那么，目前的"共识"或"主流观点"就更接近于历史的真实？

邹衡先生当年秉持"真理往往掌握在少数人手里"的信念，力排众议成为"搅局者"（孙庆伟：

《追迹三代》，2015 年）；但过了不久，"（只有）二里

头为夏"的观点就变为多数派的"主流观点";

不意先生驾鹤西去不久，就又重归了少数

派……

在"二里头夏都说"成为主流观点后，仍有学者坚持"二里头商都说"，直到20世纪90年代，如高炜、杜金鹏先生等；甚至一直未改变其观点，如安金槐(已故)、杨育彬、殷玮璋、郑光、冯时先生等。那么，目前为少数派的"二里头商都说"就完全不靠谱甚至是胡说八道吗？本人重提了下此旧说，就"震惊"了我圈儿，被认为把本来捋清的历史脉络又搞混乱了。任何时段的"搅局者"不都是往往有助于学术讨论的深化吗？

种种问题，人们都不禁要问。

在没有决定性证据出现的情况下，企图将"共识"或"主流观点"绝对化为定论，是目前我圈儿研究中值得严重关注的倾向。"共识或主流观点＝定论＝历史真实"的认知是否能够成立，是必须加以严肃思考的问题。

2014 年，笔者在《夏商都邑与文化》文集收录的论文中，仍认为"二里头与偃师商城的兴废是中国历史上第一次王朝更替——夏商革命的说法，不能不说仍是最能自圆其说的假说"。那是因为笔者以为这与重提"二里头商都说"并无矛盾：各种假说所代表的可能性本来就是不排他的。

笔者关于"二里头商都说"的思考，不过是在新的时点上，对既有重要假说之一所代表的可能性的提示而已。 显然，其中所显现的理论和方法论问题，才是我们最关心的。

（2017-12）

问：

被认为是"夏文化"的二里头文化，到底应该属于史前时期还是历史时期呢？

答：

这个问题，别说公众迷糊，专家们的看法也不一致，值得好好捋捋。

先得分析下这"史前"和"历史"是从哪个视角、以什么标准划分的。 史前（Pre-history）、原史（Proto-history）与历史（History）的概念，和考古学一样，都是舶来品。总括学者五花八门的解释，基本共识是"史前史应该是研究没有文字时代的历史，而原史则是研究文字最初产生时期或文字不起关键作用时期的历史"（陈星灿：《中国史前考古学史研究（1895～1949）》，1997年）。历史当然指文献记载丰富的信史时代的历史。注意其划分方案立足于各个时期在研究材料和方法上的差别，着重考察文字与文献的演进及其作用，而与文明化程度和社会发展进程无涉。

由于权威学者认为原史考古学的重要性不如史前考古学和历史考古学（夏鼐、王仲殊：《中国大百科全书·考古学》，1986年），所以在20世纪的数十年中，中国考古学界一直未普遍采用国际同行所使用的"原史时代"的概念。在生硬的、非此即彼的二分法面前，像二里头文化这样显然处于"原史时代"的遗存，就颇显尴尬。

说其属于历史时期吧，二里头文化还没有发现像甲骨文那样的当时的文书材料；说其属于史前时期吧，一般又认为它已进入了文明和国家的阶段，甚至已属于夏王朝的遗存，感觉比较拧巴别扭。这就是多数人的困惑。

但如从上述概念的缘起和界定看，史前、原史和历史的划分就是拿文书材料的有无及其使用程度说事的，如果不用"原史"的概念，那二里头文化显然要归为史前，不管它在社会发展阶段上如何高大上，这是毫无疑义的。

从 20 世纪 80 年代以来，随着考古发现与研究的进展，中国学术界越来越关注"原史"这一介于史前时代和历史时代之间的重要时期。一般认为，史前、原史与历史时代三分法的提倡，有助于学科发展及对中国古史进程的总体把握。但各家对于中国"原史时代"的划分方案并不相同。

本人认为，二里岗文化和殷墟文化之间，是目前原史时代与历史时代的分界点。"历史时代"可定义为有直接的文字材料可自证考古学文化所属社会集团的历史身份的时代。没有发现自证性文书材料的二里头文化，显然属于原史时代。

(2017-12)

问：
为何不能说陶寺遗址展示了夏朝以前的历史？

答：

不能说陶寺遗址展示了夏朝以前的历史。这是因为，现有考古学证据无法排除陶寺文化（至少是一部分）相当于夏时期、属于夏王朝遗存的可能性。

目前对陶寺文化年代的认识是，该文化可分为早、中、晚三期，早期为公元前 2300~前 2100 年，中期为公元前 2100~前 2000 年，晚期则为公元前 2000~前 1900 年（何驽：《陶寺文化谱系研究综论》，2004 年）。把这四百多年的文化遗存一揽子当成一码事来说，显然是有问题的。

而"夏商周断代工程"给出的夏纪年，是公元前 2070~前 1600 年。那陶寺文化的中晚期不是已进入夏纪年了吗？

陶寺遗址的大城始建于中期，约当公元前 2100~前 2000 年；陶寺的红铜和砷铜器仅见于陶寺中晚期，约当公元前 2100~前 1900 年。陶寺的铜齿轮形器出土于陶寺晚期小墓，陶寺的朱书陶文也属于都邑破败期的陶寺晚期，而就目前的年代学认识，陶寺晚期约公元前 2000～前 1900 年。

可见陶寺的文字与尧是没啥关系的，冯时教授更释扁壶朱书文字为"文邑"二字，并考定"文邑"实即夏邑，陶寺应为夏都，而陶寺文化应属夏文化（《"文邑"考》，2008 年）。

而据文献记载，不排除夏在山西的可能。 袁广阔教授就曾撰文提示过以陶寺文化为主的"山西龙山文化也应视为二里头文化的一个重要来源"（《再思二里头文化的来源》，2005 年）。

中山大学许永杰教授也指出，陶寺"只能是早期可能是尧都。 就像'曹操墓'一样，如果有人问我，安阳西高穴大墓的墓主是谁，我只能说是曹操的可能性最大。'信不信'和'信实了'是两回事。 我不反对说它'是'，但我反对把它说成'一定是'。 因为立论的基础是有疑问的。 用有疑问的基础材料来得出肯定的认识，这不行。 现在一定要把它说死了，恐怕不妥，学术这东西是不能着急的"。

许永杰教授继续分析道，"如果说陶寺是尧都，是不是早、中、晚三期从头到尾都是尧都？ 都是尧部族文化？……

（夏）禹和启所属的时代应该是龙山时代晚期，那属于龙山时代晚期的陶寺遗址晚期阶段也应相当于禹、启的时代，而超出了尧的时代。"（《陶寺遗址是尧都？ 专家：立论的基础有疑问》,2015 年）

问题非常复杂，探索永无止境。

（2017－11）

问：

为什么"最早的中国"是二里头而不是陶寺？

答：

这问题好像就是给我准备的似的。 那年北大人文社会科学研究院甫一成立，孙庆伟教授就搭起了"最中国"的擂台，邀约陶寺遗址发掘主持人何努博士和本人"打擂"，就陶寺和二里头究竟谁是"最早的中国"争出个高低。 结果特让大家失望，没吵起来。

其实这命题一出来就知道吵不起来。 因为这不像"曹操墓"，有人说肯定是，有人说肯定不是，有人说只能说可能是，那是必须针锋相对，得给个说法的。 而何为"最早的中国"，只能是学者各自的认识和看法而已，不可能也不必有个结论。

就本人而言，当然认为只有二里头才担得起"最早的中国"这个名头。因为二里头是考古学上可以观察到的东亚大陆最早的广域王权国家，在当时是独一无二的排他的存在。而此前数千年悠长的新石器时代，一直是"无中心的多元"局面，根本没有任何一个政治实体具有核心文化的地位。如果说开启帝国时代的秦王朝是中国古代史上从"月明星稀"到"皓月凌空"的一个重要节点，那么二里头就是从"满天星斗"到"月明星稀"的第一个重要节点，它开启了"有中心的多元"的青铜时代和王朝时代。

前述在"最中国"沙龙上何努博士和本人没吵起来的主要原因，是他也基本同意我的这种阶段划分。陶寺遗址处于"最早的中国"萌芽的雏形阶段，它往往被描述为"最初的中国"。

若问何为"夏的活动范围内"，陶寺遗址所在的晋南当然是文献中关于"夏"的重要区域甚至是核心区域。依最新测年已进入所谓"夏纪年"的陶寺，当然不能排除属于夏的可能。但即便夏存在过，其为何种政治实体，是否在最初已属强盛庞大的王朝，都不可知。从考古学的角度观察到的作为广域王权国家的"最早的中国"，不必也不可能与尚虚无缥缈的传说中的"夏"挂钩。

（2017−12）

问：

陕西神木石峁发现的石头城，是中国最早的城吗？

据新闻称，石峁遗址距今约 4000 年，面积约 425 万平方米，这个曾经的"石城"寿命超过 300 万年。有学者认为此处可能是"黄帝"所居之地，这个石头城可不可以算是最早的城市了？退一步讲，是不是最早的城墙？

答：

问题挺有水平，提到了"城"的不同含义。

关于"城"的含义，在《现代汉语词典（汉英双语）》中列出三种：一是"城墙（city wall）"，二是"城墙以内的地方（within the city wall）"，三是"城市（跟'乡'相对）（town，city，urban area，metropolis）"（外语教学与研究出版社，2002 年）。

其中，"城墙"属于具体事物现象，"城邑"着眼于外在的聚落形态，"城市"则是从社会发展的角度给出的定义。 在早期中国，城市一般是国家出现后内涵复杂的权力中心。

可知，"城"的最基本的含义是城墙及其圈围起的区域，由于考古学的研究对象是遗址，故一般以"城邑遗址（城址）"一词指称"城墙以内的地方"。 而词典中对"城"的前二种含义的英文解释，即以city界定 wall 显然是不合适的。 因为城邑（enclosure，围子）的出现远远早于城市，这些 walled site 并不必然属于城市。为避免混乱，考古界一般不用"城"指代城市。

回到石峁遗址。 这里发现的石城，当然不是最早的用城墙圈围起的区域。 世界上最早的城址也是石城，那是位于西亚约旦河口附近的耶利哥（Jericho）遗址，年代在公元前 8500～前 6500 年前后，属前陶新石器文化。 那时根本没有社会复杂化和国家文明啥的。 即便在中国，堆筑土垣的"城"也早在公元前 4000 年前后就出现于湖南澧县城头山遗址大溪文化时期的聚落中。

至于石峁遗址是否是中国最早的城市（之一），那就见仁见智了。有人认为龙山时代的石峁遗址已属邦国都邑性质，显然属城市范畴。如是，那这类早期"都邑"最早的应属良渚遗址群，至少比石峁早上好几百年；有人认为石峁遗址尚属于国家产生前酋邦阶段的中心聚落，距作为国家权力中心的城市（都邑）还有一段距离，也可备一说。

考古这点事，还不就是那么回事，不知道的、无法定论的总要比知道的、可以定论的多得多。有一分材料说一分话，也就大差不差吧。

（2017-12）

问：

考古发现将延安筑城史推进到了距今4500年，具体是怎么回事？

近日，华商报记者从延安市文物研

答：

筑城史这个提法还算靠谱。顾名思义，筑建城墙。筑城，也就是建造个围子把自己人围起来。但并非因为"繁荣"（一般是中心聚落或城市的特征）了才能筑城。说筑城史可以，说延安地区城市的出现就是另究所获悉,延安芦山峁遗址考古有重大发现:延安筑城史距今应为4500年左右,比延安有明确文献记载的最早筑城时间——秦汉时期(距今约2200年),至少向前推了2300年。延安的自然条件一般,地理位置也不太好,为什么距今4500年前就已经如此繁荣了呢?

外一码事了。

延安芦山峁遗址,以出土众多龙山时代后期的玉器而著名,但城墙的发现是最近的事,到目前为止还未见诸正式的考古简报或报告。

从媒体报道看,此处发现了两段夯土城墙,城垣围起的范围则不清。 有趣的是,延安以北榆林地区的城邑,在龙山时代后期几乎均为石头城,最著名的要数神木石峁遗址了。 上述石城遗址大致属老虎山文化(韩建业:《中国北方地区新石器时代文化研究》,2003年),芦山峁遗址位于这一北方系统文化区的南缘。 而夯土城墙既是因地制宜的产物,也不排除受到中原系统龙山文化的影响。看来,河套至晋陕高原石城系统与其南的夯土城系统的分界大致就在这一带。

进入龙山时代后期,内蒙古中南部的老虎山文化聚落群减少甚至消失。 与其形成鲜明对比的是,偏南的陕北地区遗址的数量反而有明显的增多。 据统计,在总面积约4.3万平方千米的榆林地区共调查确认了820处新石器时代遗址,其中仰韶时代遗址125处、龙山时代遗址则达 695 处，是仰韶时代遗址的六倍（国家文物局：《中国文物地图集·陕西分册》，1998 年）。这种此消彼长的变化，很可能与公元前 2000 年前后气候趋于干冷导致局部环境恶化、人群大规模向南迁徙有关（戴向明：《北方地区龙山时代的聚落与社会》，2016 年）。延安地区最早城邑的出现背景，也大体作如是观。

可见，任何文化遗存，都必须放在一个大的时空和环境文化变迁的框架内，才能窥见其历史意义。

（2018–01）

问：

中学历史教科书只见河姆渡、半坡，紧接着就是炎黄、尧舜禹，不见良渚、石峁、陶寺和二里头，你怎么看？

答：

目前，历史教科书的中国上古史部分的确存在"考古不足，神话传说来补"的情况。神话传说作为非物质文化遗产，当然有其重要价值和意义。但如果有同时期的考古发现及研究成果与其"相提并论"，显然可增大历史的可信度与厚重感。我对中学历史教科书的具体内容不太熟悉，至少在谈夏王朝的时候会提及二里头吧。

按说，历史教科书内容滞后于考古新发现及相关研究成果，是可以理解的。考古发现层出不穷，一直在修正甚至颠覆我们既往的认知，消化利用也需要有一个阶段。但目前滞后的程度实在是不能令人满意的。

教材虽然因其教育功能而具有严肃性，但面临日新月异的当代社会，需要与时俱进地做好科研成果的转化工作。半坡、河姆渡遗址等，都是 1950～1970 年代的发掘收获，而良渚、陶寺、石峁等，则是 1980 年以来的新发现。如果新世纪的教科书还仅见半坡、河姆渡等遗址的内容，那滞后的时间差在三十年以上甚至超过半个世纪了。在信息大爆炸的今天，这实在令人难以接受。

考古学家已经意识到不能再做象牙塔式的学问了，他们的社会责任感已被唤起，公众考古活动方兴未艾，成果层出不穷，但从社会效果上看，还任重道远。同时，我们也呼吁中小学历史教材的编写者，关注最新的考古发现与研究成果，积极修订教科书中陈旧的内容。 知识内容的吐故纳新并不难，历史观的突破与更新恐怕是最难的。 从"原始社会——奴隶社会——封建社会"和"邦国时代——王国时代——帝国时代"两套历史分期话语系统共存，可知在历史研究成果的普及化上，我们还有很长的路要走。

(2017-11)

问：

为何说王朝诞生传说地并无"王朝气象"？

答：

我曾在不同的场合有过这样的表述：按古代文献的说法，夏王朝是中国最早的王朝。 一般认为，夏王朝始建于公元前21世纪，国家级重大科研项目"夏商周断代工程"把夏王朝建立的年代定为公元前2070年左右。

但在考古学上，那时仍属于龙山时代，在其后约二百多年的时间里，中原地区仍然处于邦国林立、战乱频仍的时代，各人类群团不相统属，筑城以自守，外来文化因素明显。 显然，"逐鹿中原"的战争正处于白热化的阶段，看不出跨地域的社会整合的迹象。 也就是说，至少在所谓的夏王朝前期，考古学上看不到与文献相对应的"王朝气象"。

在郑州刚结束的"中原地区古城、古都与古国学术研讨会"上，我仍然继续阐发这一看法。 学者个人持某种观点，在"双百"方针深入人心的时代，当然是再正常不过的。 在政府和学术机构主导的公共宣传项目中，如何选择面向公众的表达方式，学者间也是见仁见智。

2009 年，接手了"早期中国"特展的首都博物馆，聘请张弛、杭侃、唐际根和本人参与展览内容设计。 几个月间的数次切磋琢磨，我们确定了这个展览的主线：公元前 3500 年～前 1500 年这两千年间的"早期中国"，可以两大板块展示其社会复杂化的进程，即大致以公元前 1800 年二里头文化问世为界，之前是多元的"邦国之路"，之后为一体化的"王朝崛起"。

在陈展方案专家论证会上，数位资深学者在认可两大阶段划分的前提下，认为仍应以公元前 21 世纪夏王朝的建立为两大阶段的分界。

297 对此，我斗胆做了进一步的"答辩"，强调问题的关键是我们要确认这个展览究竟采用哪种话语系统，是传世文献的还是考古学的？ 如果是前者，我们要展出的是《竹书纪年》和《史记》等文献的偏早版本，展示各王的传承系谱，还可以有汉画像石中大禹治水等图像。 但展览是要用文物来说话的，哪些材料能表现二里头诞生前的"王朝气象"，是个比较大的问题。

龙山末期中原腹地城址和聚落群林立；煤山和王湾两个类型（有学者认为属于不同的文化）分峙于嵩山两侧，各具特色；王城岗和瓦店两个中心聚落（或都邑）共存于颍河中上游，没有学者认为二者为从属关系。 也就是说，在目前的考古材料中，还没有迹象表明在公元前 2000 年 ~ 前 1800 年之际，作为广域王权国家的夏王朝已经建立。

最后，在淡化"王朝崛起"绝对年代的折中思路下，"早期中国"展维持了以二里头为后一板块之开端的方案。

二里头崛起前的这二百年，究竟是夏王朝早期，还是属"前王朝时代"，仍是学界关注的一个问题。

（2010-12）

问：

为什么甲骨文直到一百多年前才被发现？

答：

安阳殷墟至少从汉代开始就被作为墓地使用，可以相信刻字甲骨早已出土。清末王懿荣等人发现甲骨文前，这些"败龟板"作为中药已不知被国人吃下多少。因而不能说丝毫没有甲骨文的痕迹。但为何长久不为人所知呢？那是因为没有进入懂行识货的知识阶层的视域，学术发现一般以专业学者考察确认并记录公布为准。

甲骨文的发现者何许人也？——翰林，当时的大知识分子。"非常之功，必待非常之人"，机遇属于有准备者。作为当时的文化学术中心，清代翰林院浓郁的学术氛围和厚重的学术积淀，词臣对金石文字的高深造诣与对古代典籍的融会贯通，以及对文物的收藏癖好与鉴赏传统，为这一惊世发现提供了良好条件和必要前提。

299

您关心的若是甲骨文本身的传

承，没有金石文字、《说文》这些数千年的"痕迹"相联系，根本无法想象晚清、民国的金石学家能马上意识到其重要价值并很快做出准确的释读。这就是文化上血脉的相通。

假设没有甲骨文发现以来的知识背景和心理准备，这类祖先创造的早期文字突然进入当代知识人的法眼，我们能像先贤一样"识货"并准确释读吗？我们源远流长的文明没有任何断裂地被传承下来了吗？

(2010–10)

问：

为什么说只有殷墟时代才走出了"传说时代"？

答：

徐旭生先生在20世纪三四十年代指出，"我国，从现在的历史发展看，只有到殷墟时代（盘庚迁殷约当公元前1300年的开始时），才能算作进入狭义的历史时代。此前约一千余年，文献中还保存一些传说，年代不很可考，我们只能把它叫作传说时代。"（《中国古史的传说时代》，1941年完稿）其后的几十年间，中国上古时期考古学的发现虽层出不穷，研究不断深入，却未能更新或突破当年的认识，关键就在于直接文字材料的阙如。

总体上看，龙山、二里头至二里岗时代诸文化，均属于已发现了零星的直接文字材料，为若干后世文献（间接文字材料，属口传历史而非编年史）所追述，主要靠考古学材料来研究，但还不足以确认其"历史身份"的人们共同体的遗存。这一历史阶段可大体划归为"原史时代"。殷墟因有甲骨文的出土与释读而成为第一座自证身份的王朝都城，从而走出了"传说时代"。

史前至原史时代一直分列的文献史学与考古学两大话语系统（前者一般采用神话传说人物和朝代名；后者习惯以考古学文化来命名），至殷墟时代才能够合流。

可以说，商王朝的下限已经澄清，而上限则仍是模糊的，迄今为止还无法究明。就方法论而言，"原史时代"研究因其研究对象的特质而导致研究结论具有极强的相对性，这是应引起研究者自觉的。

〔2012-05〕

问:

三星堆文化是什么时期的？与夏商周哪个朝代对应？

四川广汉三星堆遗址的考古发现，证明了古蜀国的存在，那么三星堆文化是什么时期的文化？当时中原政权是什么朝代？

答:

关于这个问题，诸多朋友在理解上有严重的误区。

首先要界定"三星堆文化"。

先谈上限，绝对到不了距今四千八百年即公元前2800年。成都平原相当于龙山时代的考古学文化，是宝墩文化，也有人称其为三星堆一期文化。注意这是前三星堆文化，而绝非三星堆文化本身。三星堆文化是以三星堆遗址第二至四期文化为典型代表的考古学文化。关于宝墩文化（三星堆一期文化）的年代上限还不清楚，一般认为仅相当于龙山时代后期，则其上限依最新的测年只能上溯到公元前2300年前后

（详见本人所著《先秦城邑考古》，2017年）。

砍去了前三星堆文化这个虚帽子，我们再看看三星堆文化本身。

首先要注意三星堆文化的问世是以出土二里头文化（二期）风格的器物为标志的。三星堆文化早期与二里头文化大致同

时是可以肯定的。 原定二里头文化的上限在公元前 1900 年，相关诸文化上限都偏早。 现在据最新研究，二里头文化被下拉到不早于公元前 1800 年甚至前 1750 年，已成共识，三星堆文化的年代也只能下拉，而不能以不变应万变。

故学界多认为三星堆文化的上限约当二里头文化晚期，三星堆文化早期相当于二里头文化晚期至二里岗文化期，中期相当于殷墟文化早期，晚期相当于殷墟文化晚期至西周早期 (陈德安等：《三星堆遗址商代城址的调查与认识》，2015 年)。

所谓"三星堆青铜文明"，其实仅见于两座器物坑，坑中首现的不见于中原的器物与殷墟风格的器物共存，相当于殷墟文化第二至四期之间，绝对年代约公元前 1250～前 1050 年，这已是二里头文化结束后至少三百多年以后的事了。 到目前为止，尚无证据表明在约当殷墟时代的三星堆 1、2 号器物坑之前，三星堆已存在高度发达的青铜文明。 超出这一范畴的种种见解，只能无语了。

兴盛的三星堆青铜文明，已晚至殷墟时代。 那时中原"中国"实体的铸铜技术，已外泄到殷商王朝域外的长江流域和关中等地。 就三星堆而言，中原因素是外来因素的重要成分，而另外要素的源头尚待探寻。 至殷墟时代，东亚大陆中原青铜文明独霸的态势已去，若干青铜文明共存的国际局势开始形成。

最初哪儿都没有国，"中国"出中原的时候，成都平原那儿还没有国或者仅有偏落后的国，"中国"稍大时，那儿吸收了些"中国"和非中国的因素发达起来，稍后的西周初期转型为十二桥（金沙）文化，然后没了。 东周时期的巴蜀继承了点皮毛，失忆了大半，汉代以后大体同化于华夏文明。 这就是三星堆文化的生前身后史。

三星堆，一个永远的话题……

（2018-01）

问：

燕下都始建于春秋时期吗？

通过对燕下都遗址考古材料的断代排比，可知春秋至战国早期该遗址的性质属普通聚落。 至战国中期，遗存的数量与内涵发生了明显的变化，遗迹的规格大幅度提高，开始出现功能分区。 鉴此，我们认为作为都城的燕下都始建于战国中期的观点（瓯燕：《试论燕下都城址的年代》，1988 年）是可以信从的。

（2009–01）

问：

曲阜鲁城是《考工记》营国制度的蓝本吗？

答：

燕下都报告（河北省文物研究所：《燕下都》，1996 年）所提供的考古材料，并不支持编写者的这一观点。

答：

没有证据表明二者存在关联性。 在曲阜鲁城，根据现有资料所能确认的最早的城垣之始建年代，仅可上溯至两周之交，也就是说在西周时期的绝大部分时间里，曲阜鲁都并没有筑城。 而春秋时期鲁城内宫殿区的分布范围远大于所谓"宫城"的范围，至战国时期应已有割取大城西南部的小城（宫城）存在（即原报告中所谓的"汉城"），汉代曲阜城则仅沿用了西南部的小城。 曲阜鲁城所谓"回"字形的方正的城郭布局，一直被认为可溯源至西周早期，应为《考工记·匠人》所载营国制度之蓝本。而由对该城址的动态分析，可知这一说法尚未得到考古学上的证明。

（2009-01）

问：

为何说抛开北方地带，完整的早期中国史就无从谈起？

答：

在东亚大陆，早期青铜文化并非中原一花独放，单向辐射，各区域文化在适应当地的自然与生态环境的发展进程中异彩纷呈，同时又以不同的方式、不同程度地贡献于中原王朝文明的形成与兴盛。 可以说，是"文化杂交"才导致高度发达的中原青铜文明的出现。 因此，探讨中国王朝文明和青铜文明的兴起与早期发展，必须有更为广阔的时空视野。 其中，农耕和畜牧（游牧）两大文化系统的交融与折冲，构成了壮阔的中国古代史的一条重要主线，甚至可以说，如果抛开广袤的大西北与北方草原地带，完整的中国古代史就无从谈起。

就早期青铜时代而言，中国最早的王朝无疑是建基于农耕文化的基础上的，"中国"的形成，与中原地区的粟作和南方的稻作农业文化的整合密切相关。而已有的考古材料表明，中原王朝的兴起，也与农耕和畜牧（游牧）这两大文化板块的刺激、碰撞与交流有着千丝万缕的联系。后者为中原王朝的兴起提供或者传递了诸如冶金技术、军事装备、畜牧经济方式与肉食消费，乃至信仰习俗以及王朝崛起图强所必须的外在压力等方面的"给养"。

长城沿线及以外地区，处于欧亚大陆内地与中原腹地之间，这一地区的文化也受到双向甚至多向的影响，同时又有自身鲜明的特色。这一地区青铜时代文化的演变，要放到整个欧亚大陆古代文化的交流与互动的大背景下去把握。其中许多问题的廓清有待于大视野、多学科的整合研究。

（2016-09）

问：

什么是"铜石并用"时代？中国有"铜石并用"时代吗？

答：

"铜石并用"时代（Chalcolithic Age）又称红铜时代，是指介于新石器时代和青铜时代之间的过渡时期，以红铜的使用为标志。但全球各早期文明中，是否都经历过"铜石并用"时代，却是众说纷纭的。说到中国的情况，也莫衷一是。

20世纪80年代，北京大学严文明教授正式提出，在中国新石器时代和青铜时代之间存在一个"铜石并用时代"的概念。同时，他把铜石并用时代再分为两期："仰韶文化的时代或它的晚期属于早期铜石并用时代，而龙山时代属于晚期铜石并用时代"。此后，这一划分方案成为学界的主流认识。

另一种划分方案是，"把发现铜器很少，大约处于铜器起源阶段的仰韶文化时期归属新石器时代晚期。可把龙山时代笼统划归为铜石并用时代（目前也称新石器时代末期）"（任式楠：

装作有闲

答问

308

《中国史前铜器综论》，2003年）。

的确，在前述第一种方案中，铜石并用时代
"早期大约从公元前3500年至前2600年，相当
于仰韶文化后期"。 在该时期的考古学文化
中，长江流域的诸考古学文化中尚未发现铜器
及冶铜遗存，其他地区"这阶段的铜器还很稀
少，仅在个别地点发现了小件铜器或铜器制作
痕迹"（苏秉琦主编：《中国通史》第二卷，1994年）。 而在该
书《铜石并用时代早期》一节近七十页的叙述
中，完全没有对铜器和冶铜遗存的具体介绍。
类似情况也见于《中国西北地区先秦时期的自
然环境与文化发展》一书，在关于铜石并用时
代早期一千年（公元前3500～前2500年）遗存
几十页的叙述中，仅一处提及了林家遗址出土
的马家窑文化青铜刀，而其所显现的"青铜技
术的出现，仍不能不考虑西方文化渗入的可能
性"（韩建业，2008年）。 由此可见，这一阶段铜器
及冶铜遗存乏善可陈的程度。 故学者对此多采
取存而不论、一笔带过的处理方式。

在认可中国存在"铜石并用时
代"的观点之外，更有学者认
为"西亚在公元前6000年后期
进入红铜时代，历经两千余年
才进入青铜时代。 红铜、砷铜
或青铜距今四千年前左右几乎

同时出现在齐家文化中，数以百计的铜器不仅证明齐家文化进入了青铜时代，而且表明中国没有红铜时代或铜石并用时代"（易华：《从齐家到二里头：夏文化探索》，2014年）。 英文初版于2012年的《中国考古学：旧石器时代晚期到早期青铜时代》（刘莉、陈星灿，2017年）也只字未提"铜石并用"时代。

本人同意这一观点，认为东亚大陆应不存在以使用红铜器为主要特征的所谓"铜石并用"时代。 在东亚大陆的多数区域，早期铜器的使用呈现出红铜、砷铜、青铜并存的状况。 延续时间短、各种材质的铜器共存，暗示着东亚大陆用铜遗存出现的非原生性。

如多位学者已分析指出的那样，东亚大陆用铜遗存的出现，应与接受外来影响关系密切。 如是，早期中国不存在仅见于原生青铜文明发生区域的悠长的"铜石并用"时代，就是很可以理解的事了。

（2017-12）

问：

如何看待西北大学段清波教授认为秦朝的技术、艺术风格以及治国理念，可能受到波斯和亚历山大帝国影响？

答：

我赞同段清波教授的推论。感兴趣的朋友可以读段清波教授的原文（《从秦始皇陵考古看中西文化交流》，2015年）。段教授和我都是学者，都把这样的学术分析定位为推论而非定论，认为这样的文化关联存在可能性。因而，这里不拟谈材料所显现的证据，证据当然是需要进一步充实的。这里想谈的是学理，那就是我们是否能排除外来影响的可能性。

从发生学的角度看，一个地区一种事物的起源不外乎独立发生（原生）和接受外来影响（次生）两种可能。当世界上最早出现一种事物后，其他地区晚于它出现的同类事物，都不能排除受其影响的可能性。"无中生有"的独立发明往往很艰难，接受影响和刺激而"仿制"借鉴则要容易得多。从电灯电话，到原子弹氢弹，到电脑手机，从器用到制度再到思想……现当代如此，古代缘何不如此？正是由于各区域人类群团间文明要素的这种"传染性"，才使得人类的演化标尺从百十万年到今天的"秒杀"，文明得以加速度地扩散延展。

整个欧亚大陆存在多条大通道，没有不可逾越的天然屏障，且人类的远程迁徙和文化传播能力不可低估。数万年前的人类出非洲，只要以时间换空间，花个万儿八千年或更长时间就可以"无远弗届"，就更不必说已出现骑兵、疆域辽阔的帝国时代了。

甚而，从龙山时代到殷墟时代，小麦大麦、绵羊黄牛、骨卜习俗、马和马车、青铜冶铸技术和若干器类等，大都被确认属远程输入。而这些都成为古代中国文明的重要组成部分。中国从来就不是自外于世界的，它一直是在汲取借鉴其他文明体先进要素的基础上扬弃创新、生发出自身特色的。如果排除了这些，那么什么是"中国"的呢？

（2017－12）

问：

曾经盛行一时的安特生"中华文化西来说"，是什么时候被

答：

还是要先解题。"推翻"一词，在此应是"根本否定"的意思。鉴于上古史与考古学研究领域的绝大多数问题都具有不可验证性，学者的研究结论多属推

推翻的呢?

论和假说，而假说仅代表可能性，多种可能性之间当然不是排他的关系。 所以，"推翻"一词不是严谨的学术用语，从其本意看，就天然地带有某种情感色彩。

另外就是"西来说"。 这也是个内涵和外延都含混不清的概念，它跟"推翻"一样也有绝对化的倾向，含有全盘西来、人群的直接移动等意味。 这样简单粗暴的概念逐渐地被深入细密、系统全面的研究所推翻，就是很正常的事了。

瑞典考古学家安特生是一位严谨的学者，他在1923年发表的《中华远古之文化》中，在比较了刚发现的仰韶文化和中亚原始文化彩陶的异同后，从彩陶纹饰的相近，认为有自西向东传播的可能性，据此提出了"仰韶文化西来说"的假说。这个假说被后来的考古发现和研究所否定。 安特生本人在假说提出几年后就修正了自己的观点，但在20世纪下半叶，他又遭到了无的放矢的批判。

著名考古学家、北京大学教授严文明先生指出："文化是独立发展的还是由其他地方传播而来的，本来是一个学术问题，完全可以通过进一步的实际工作和正常的学术讨论来求得解决，可是在近代以来特殊的社会氛围下，它就成为一个十分敏感的热点话题，其实是不正常的"；"历史上的文化交流是常有的事，中国接受过许多西方文化的馈赠，也有不少物质和精神文化传播到西方，促进了各自社会文化的发展。能够接受外来文化正是胸怀开阔的表现，有什么不好呢？"（《解决学术问题最终要靠学术讨论》，2013年）

至于包括"西方文化的馈赠"在内的早期中外文化交流的发现与研究，已蔚然大观，可以作为今后的话题。

（2017–11）

问：

为什么考古遗址要以小地名命名？

答：

进入 1990 年代，偃师商城的发掘者在简报或简讯中已不再使用"尸乡沟商城"的称呼，而以"偃师商城"取而代之。这实在是不得已而为之的事，也不是最佳的选择。倘若在现偃师境内又发现一座"商城"，则"偃师商城"的命名就面临着巨大的尴尬。

按理，遗址命名应以遗址所在地的小地名为准，以加重其排他性和唯一性。在近年的洛阳盆地区域系统调查中，我们还在村庄名后加上了方位或序号如"保庄北""刘李寨 B"等，以示区别。依考古学界的通例，我们把汉魏洛阳城城垣下的早期城址，以城内两周遗存较丰富的区域之小地名加以命名，称之为"韩旗两周城址"。所以，我曾想偃师商城最理想的命名，应是"塔庄商城"——以位于城址上的村庄命名。

2008 年 3 月参加在杭州召开的"良渚古城考古规划研讨会"，我在发言中曾提示道，良渚已成为一个考古学文化和良渚城址所在的大聚落群的概念，在良渚文化范围内不排除今后再发现城址的可能，良渚城址也极易与其所在的良渚遗址群相混淆，因此，城址命名仍应以小地名为宜。考虑到已发现的城址范围较大，行政区划上又不属于良渚镇，且基本上围绕莫角山人工台基修筑，似乎以"莫角山城址"为名更合适些。 南京师范大学裴安平教授也不同意良渚城址的命名，他认为应称为"瓶窑古城"。 想法相同。 瓶窑为城址所在的镇。

顺带说一句，"××古城"的称呼，不是规范的学术用语。 古代的所有城址都是古城，所以，"古"只是一个含混的形容词。

有朋友会困惑，在拙著《先秦城市考古学研究》中也有"垣曲古城"的概念。 不过这里的"古城"是作为专有名词的小地名，城址位于古城镇，所以，该城的全名应是"垣曲古城商城"，听着可能有点别扭，却是准确规范的。

(2010-01)

问：

为什么说没有田野考古工作，文化遗产保护也就无从谈起？

答：

中国考古学自上个世纪初诞生以来，已走过了近百年的历程。 经过几代人的努力，初步建立起了各个区域文化发展的时空框架和谱系，考古学界关注的重点开始逐渐转向社会考古领域，而聚落考古研究的进展尤其令人瞩目。可以说，没有田野考古工作，物质文化遗产保护也就无从谈起。从这个意义上讲，考古工作是文化遗产保护的重要基础。

近年，国家已开始着手对有重要历史文化价值的大遗址做保护展示规划，如果没有考古基础资料，所谓规划就是"无米之炊"。有什么重要发现？平面布局如何？范围多大？意义何在？什么内容需要重点展示？这些都是需要通过考古人的田野工作来解答的问题。文化遗产保护，必须考古先行，这是一个很浅显的道理。

十年前我接手二里头工作队时，曾向各级文物管理部门打报告，敦促加强这一全国重点文物保护单位的文物保护问题。说到宫殿区濒危，列举的情况是最近的一处民居距离著名的1号宫殿基址只有十余米的距离了。而2003年我们发现二里头宫城城墙后，就要告

诉有关单位和规划部门，那栋
房子已经把宫城的西南角和大
型建筑压在了下面。

还以二里头遗址为例。 如果十年前来做二里头
的大遗址保护展示方案，也不是不能做，但方
案上就不会有方方正正的宫城，不会有"井"
字形的城市干道网，不会有中轴线规划的大型
宫殿建筑群，不会有封闭的大型官营作坊区，
也不会有国宝级文物绿松石龙形器的展示，等
等。 没有考古工作，我们如何能向公众展开一
幅壮丽的"华夏第一王都"的画卷，展现"最
早的中国"风采？ 没有考古工作，如何能让有
关部门重视起来，意识到这是一处独一无二，
应当"死保"的世界文化遗产？ 之所以它还没
有进入名录，不是其重要性不够，而是我们的
工作还远远不够。

（2009–11）

问：
如何在考古与文化遗产保护之间找到一个平衡？

答：
从本质上讲，考古工作对于文
化遗产保护而言，是建设性的
而非破坏性的。 科学发掘对文
化遗存只能算是微损，而且一
直在国家有序的管理下合法进
行。 考古与文化遗产保护之

间，没有根本的矛盾和冲突。以勘探和一定规模的科学发掘为主要手段的考古工作，可以在有限的揭露面积内最大限度地获取各种信息，贡献于人类文化遗产的保护和展示，贡献于人类文明史的探究，丰富、加深甚至改变着我们的知识结构，这都是有目共睹的。

目前，我们正处于急剧的社会经济转型期，数量众多的建设项目对文化遗产保护构成巨大的威胁，有些已造成严重的破坏，见诸报端的这类事件屡见不鲜。如果说遗址上农民的宅基地之类小规模建设对文化遗产是"蚕食"的话，那么有些地方的政府行为就可以看作推土机下的"鲸吞"。我们已经有些国强民富的感觉了，但对文化遗产的保护意识还远远没有跟上。一个仅有财富而没有文化的人会给人以暴发户的感觉。一个人到了成年已根本记不得他的童年和少年的经历会被认为是智障，那一个国家和一个民族呢？别等我们的后代更富了才发现，文化遗产已被前辈损毁殆尽了。从这个意义上讲，任何形式的考古工作都具有抢救的意义，它肩负着抢救我们民族的历史和文化记忆的重任。

当然，文化遗产是不可再生的珍贵资源，我们应该有计划有限度有步骤地开展考古工作，甚至对我们的学术求知欲和寻根情结保持适度的克制。 在"可持续发展"的理念日益深入人心的今天，考古学界已有学者倡导创建以文化遗产保护为主要目的的新型考古模式。

说实在话，作为考古界老兵，虽怀有"叩地访古，问天究人"的学术理想，同时"好奇心"已逐渐减淡，给包括名人墓在内的重要古代遗存的线索留下点念想，对自然或文化遗产保持敬畏之心，从文化遗产保护的角度求"可持续发展"，不亦乐乎？ 从"可持续发展"的角度出发，我们也就坚决反对像申请发掘陕西唐代乾陵那样的短视的举动，在科技手段不足的情况下尤其要慎重行事。 应该尽可能把这些珍贵的文化遗产留给子孙后代，应当相信他们会创造更好的条件保护好我们共同的文化遗产。

（2009-11）

◇ **图书在版编目(CIP)数据**

装作有闲:浅考古与非考古随笔/许宏著. --郑州:
河南文艺出版社,2022.8
ISBN 978-7-5559-1317-7

Ⅰ.①装… Ⅱ.①许… Ⅲ.①散文集-中国-当
代 Ⅳ.①I267

中国版本图书馆 CIP 数据核字(2022)第 030959 号

选 题 策 划　　马　达 + 陈　静
责 任 编 辑　　陈　静
责 任 校 对　　赵红宙
书 籍 设 计　　刘运来 + 徐胜男
责 任 印 制　　陈少强
出 版 发 行　　河南文艺出版社
社　　　　址　　郑州市郑东新区祥盛街 27 号 C 座 5 楼
承 印 单 位　　北京雅昌艺术印刷有限公司
经 销 单 位　　新华书店
纸 张 规 格　　889mm×1194mm　　1/32
印　　　　张　　11
字　　　　数　　216 千
版　　　　次　　2022 年 8 月第 1 版
印　　　　次　　2022 年 8 月第 1 次印刷
定　　　　价　　98.00 元